조선후기 통신사 필담창화집 번역총서 4

和韓唱酬集 二

화한창수집 2

조선후기 통신사 필담창화집 번역총서 4

和韓唱酬集 二

화한창수집 2

고운기 역주

보고사

이 역서는 2008년도 정부재원(교육과학기술부 학술연구조성사업비)으로 한국연구재단의 지원을 받아 연구되었음(KRF-2008-322-A00073)

이 번역총서는 2012년도 연세대학교 정책연구비(2012-1-0332) 지원을 받아 편집되었음.

차례

일러두기

1. 통신사 필담창화집 번역총서는 제1차 사행(1607)부터 제12차 사행(1811) 까지, 시대순으로 편집하였다.

2. 각권은 번역문, 원문, 영인자료의 순서로 편집하였다.

3. 300페이지 내외의 분량을 한 권으로 편집하였으며, 분량이 적은 필담 창화집은 두 권을 합해서 편집하고, 방대한 분량의 필담창화집은 권을 나누어 편집하였다.

4. 번역문에서 일본 인명과 지명은 한국 한자음 그대로 표기하고, 처음 나오는 부분의 각주에 일본어 발음을 표기하였다. 그러나 번역자의 견 해에 따라 본문에서 일본어 발음대로 표기를 한 경우도 있다.

5. 번역문에서 책명은 『 』, 작품명은 「 」으로 표기하였다.

6. 원문은 표점 입력하였는데, 번역자의 의견에 따라 표기하는 것을 원칙 으로 하였지만, 가능하면 한국고전번역원에서 정한 지침을 권장하였 다. 이 경우에는 인명, 지명, 국명 같은 고유명사에 밑줄을 그어 독자 들이 읽기 쉽게 하였다.

7. 각권은 1차 번역자의 이름으로 출판되었는데, 최종연구성과물에 책임 연구원과 공동연구원의 이름이 반드시 들어가야 한다는 한국연구재단 의 원칙에 따라 최종 교열책임자의 이름으로 출판되는 책도 있다.

8. 제1차 통신사부터 제12차 통신사에 이르기까지 필담 창화의 특성이 달라지므로, 각 시기 필담 창화의 특성을 밝힌 논문을 대표적인 필담 창화집 뒤에 편집하였다.

화한창수집
2

和韓唱酬集
二

거질의 필담창화집 출현
『화한창수집(和韓唱酬集)』

　본래 일본은 무사가 중심인 사회였기 때문에, 한문은 교양을 갖춘 승려처럼 특수한 계층에서나 할 수 있는 것이었고 외교 업무도 승려들이 관장하였다. 그런데 에도막부가 들어서면서 처음으로 승려가 아니면서 막부에 고용되어 한문을 담당하는 인물이 등장했다. 그가 바로 하야시 라잔[林羅山, 1583~1657]이었다. 라잔의 문집에는 사명당(四溟堂, 1544~1610)을 필두로 사행이 있을 때마다 나눈 필담이 실려 있다. 그가 상대했던 사행원은 주로 독축관(讀祝官), 이문학관(吏文學官) 등이 관함을 띠고 있었다. 라잔이 죽은 후에도 자손들이 대를 이어 막부의 외교문서를 다루었다.

　그러다가 1682년 제7차 사행에 이르러 양국 문사의 교류에 새로운 국면이 전개되었다. 기본적인 임무는 에도 막부 5대 쇼군인 도쿠가와 쓰나요시[德川綱吉]의 즉위를 축하하고 국서를 전달하는 것이었지만, 양국인 사이에서 부수적으로 문화교류가 활발하게 이루어졌다. 그 대표적인 현상으로 "제술관(製述官)"이라는 직임이 새로 설치되어 파견된 것이다. 제술관은 사행원 내부의 필요가 아니라 일본인들의 문사 욕구에 부응해서 특별히 파견된 사행원이었다.

　전국시대(戰國時代)를 거치고 평화의 시대를 맞이했던 에도 막부는 초닌[町人] 문화의 발전을 통해 일반 서민들도 교양을 갖추어 나갔다. 통신사의 회수가 거듭될수록 조선인의 글을 받고 싶어 하는 일본인이 점점 늘어났다. 그러다가 1682년에 이르면, 통역을 통해 글을 부탁하는 수준이 아니라 직접 스스로 한문으로 얘기를 나눌 수 있는 일본의 문사들이 대거 등장하게 된다. 가는 지역마다 유자(儒者)들이 있어서 조선의 문사들을 만나 필담을 나누고 싶어 하고 시를 주고받고 싶어 했다. 호행(護行)을 담당한 쓰시마 사람들, 특히 한문을 담당하는 진문역(眞文役)은 이들을 통제하고 중개하였다. 1682년에 국격을 지키고 조선 사절을 배려하기 위해, 함부로 일본인이 조선인에게 접근하지 못하도록 막부로부터 엄중한 명이 내려왔고, 나눈 필담은 모두 기록해서 보고하도록 했기 때문이다.

　활발한 교류의 결과, 1682년 조선인과 나눈 시와 필담을 대대적으로 수집하고 편집해서 간행한 일이 처음 시도되었다. 그 결과물이 바로 『화한창수집(和韓唱酬集)』이다. 교토의 한 서점인 정자옥(丁子屋)에서 전국적으로 필담기록을 구하여 7책으로 편찬해 이듬해인 1683년에 출간한 것이다. 창화시 및 필담을 실은 일본인과 상대한 조선인의 성명은 다음과 같다.

권수	지역	일본인	조선인
首	교토	祖辰	윤지완[尹趾完, 정사], 이언강[李彦綱, 부사], 박경후[朴慶後, 종사관], 성완[成琬, 제술관], 홍세태[洪世泰, 자제군관]
		高伯順	이담령[李聃齡, 부사서기]
		松下見林	홍세태

首	에도	林鷄峰	성완, 이담령, 홍세태
		林整宇	윤지완, 이언강, 박경후, 성완, 이담령, 홍세태
		南春庵	성완, 이담령, 홍세태
		坂井漸軒	성완, 이담령, 홍세태
		林整宇	윤지완, 이언강, 박경후, 성완, 이담령, 홍세태
		山田復軒	성완, 이담령, 홍세태
	요도[淀]	長岡元甫	성완, 홍세태
		長岡山立	성완, 홍세태
一之一	오사카	山本洞雲	성완
		福住道佑	성완
	교토	熊谷了庵	성완, 이담령, 홍세태
		顯靈	윤지완, 이언강, 박경후, 성완
		堀蒙窩	성완, 홍세태
		黑川義齋	성완, 홍세태
		谷川榮元	성완
		橋本益亭	성완, 이담령,
		三宅誠齋	성완, 홍세태
		玄機	성완, 이담령, 홍세태
		玄緣	성완, 이담령, 홍세태
		竺靈	박경후, 성완, 이담령, 홍세태, 이삼석[李三錫, 소동]
	에도	木下順庵	성완, 이담령, 홍세태
一之二	오사카	三宅遜宇	성완, 홍세태
		三宅淑愼	성완, 이담령, 홍세태, 정두준[鄭斗俊, 양의]
		淺野梅隱	성완, 홍세태
		舟木近信	성완, 홍세태
		養朴	홍세태
	교토	原田順宣	성완
		木下菊潭	성완, 이담령, 홍세태
		靑木東庵	성완, 이담령, 홍세태
	우시마도(牛窓)	小原正義	성완
	교토	覺印	성완
		向井滄洲	성완, 이담령, 홍세태
		星野富春	성완, 이담령, 홍세태
		田村三恕	이담령

二之一	교토, 에도	柳川震澤	성완, 이담령, 홍세태, 정두준,
二之二			안신휘[安愼徽], 상통사
三			
四	에도	板坂晚節齋	성완, 이담령, 홍세태, 안신휘

위의 표에서 보듯 특별한 경우를 제외하고는 주로 제술관 성완, 부사 서기 이담령, 자제군관 홍세태가 일본 문사를 상대하였다. 비록 일본 문사 교류를 전담시키기 위해 제술관을 파견했지만, 혼자서 많은 문사를 상대하기에는 벅찼다. 서기 이담령이 성완과 함께 하였고, 우연히 자제군관으로 오기는 했지만 문장 능력이 출중했던 홍세태가 적극적으로 참여하였다. 이외에 글씨를 잘 썼던 역관 안신휘, 의원 정두준도 일본 문사들과 종종 필담을 나누었다.

일본 문사는 총 39인이다. 그 가운데 전통적인 한문학 담당층이었던 승려들이 있다. 오사카에서 맞이하여 에도까지 안내하는 호행장로 조진(祖辰)처럼 조선 문사와 접할 기회가 많은 사람은 그만큼 창수시도 많이 남겼다. 에도에서 만난 일본 문사들에는 라잔의 손자인 하야시 세이우[林整宇]와 제자인 히토미 각산[人見鶴山]처럼 막부의 유관(儒官)이 있고, 주군을 따라 에도의 번저(藩邸)에 온 각 번의 유관들이 있었다. 이런 유관들은 주로 교토의 학자들에서 학맥을 형성했던 경학파(京學派)가 많았다. 대표적으로 기노시타 준안[木下順庵]과 같은 거유(巨儒)를 들 수 있는데, 그의 제자들 가운데는 번이나 막부에 고용되지 않고 민간에서 경서와 시를 가리키는 학자도 있었다. 대표적으로 야나가와 신타쿠[柳川震澤]을 들 수 있는데, 그의 뛰어난 문장력을 인정한 성완 등과 많은 필담을 나누었다. 『화한창수집』 7책 가운데 3책이 그의 글로 채워져 있다.

당시 출판문화가 한창 발달하고 있던 일본에서 이처럼 필담창화가 상업적으로 출판되었다는 것은 어느 정도 인기가 있었는지 가늠케 해 준다. 이 필담창화집은 일본인만 읽었던 것이 아니다. 1719년 서기로 일본에 갔던 성몽량(成夢良)은 오사카에 도착해서 "임술사화집(壬戌使華集)"을 구하여 보았다. 백부 성완이 1682년 일본에 와서 남긴 글을 구해서 돌아가고 싶었기 때문이다. 성몽량과 함께 책을 본 신유한(申維翰)은 『해유록(海游錄)』에 이 "임술사화집(壬戌使華集)"에는 시편과 필담이 상세히 기록되어 있고 특히 야나가와 신타쿠의 글이 뛰어났다고 기록하였다. 이 임술사화집은 정황상 바로 『화한창수집』을 가리키는 것이라고밖에 볼 수 없다. 조선 문사들도 이렇게 간행된 필담창화집을 구해서 돌아갔던 것이다.

『화한창수집』의 가장 큰 의의는 이후로 전국적인 필담창화를 모두 갖추어 출간하는 필담창화집의 전형을 마련했다는 것이다.

『화한창수집(和韓唱酬集)』은 목판본(木板本) 7冊으로, 四周單邊 半郭 20.3×14.0cm 10行 15字, 黑口, 無魚尾, 27.1×18.0cm로, 간기는 "天和三癸亥歲(1683)正月吉旦丁子屋源兵衛梓行"라고 되어 있다. 현재 국립중앙도서관, 일본공문서관(日本公文書館), 동경도립도서관(東京道立圖書館), 텐리대학도서관(天理大學圖書館) 등에 소장되어 있는 것이 파악되었는데, 결본 등이 있는 경우도 있지만 같은 간본들이다. 이 책에서는 전권이 갖추어져 있는 국립중앙도서관 소장본을 선본으로 사용하였다.

서경필어(西京筆語) 전(前)

야나기 진택(柳震澤)과 취허(翠虛) 성완(成琬), 붕명(鵬溟) 이담령(李聃齡) 등이 나눈 대화 및 시

성 학사와 이 진사 두 분 각하께 아룀 야나기 진택(柳震澤)

바다와 뭍길 천 겹에 동서로 만 리 길을, 더위 가시지 않고 서늘한 기운은 아직 미미한데, 어려움을 무릅쓰고 건너시니 쓰라린 고통은 갖가지 형상입니다. 하늘이 사문(斯文)을 지탱해 주어 태후(台候)[1]와 움직임이 밝게 빛나시니, 참으로 두 나라의 복입니다. 삼가 이에 하례드립니다.

○ **답.** 성 취허(成翠虛)

깊은 바다를 건너오는데 다행히 병을 면하고, 그대 나라의 도읍지를 지나 우아한 모습을 접하게 되었는데, 머리 숙여 인사하니 옛 모습과 같아 못내 기쁩니다. 이 땅에서 몇 일 머물며 빛나는 것을 얻겠습니다.

---

1 태후(台候) : 정2품(正二品)이상 재상급(宰相級)의 안부(安否)를 지칭하는 말. 곧 대감의 기후(氣候).

○ **아룀.** 야나기 진택

봄에 벌써 사신이 동쪽으로 오신다는 소식을 듣고, 고개를 빼고 서
쪽을 바라보았는데, 빨리 광제(光霽)[2]를 접하기 바라 친히 어리(御李)[3]
를 모시었습니다. 이제 두터이 넓은 도량을 지고 깊이 큰 가르침을 받
드니, 오랜 뜻이 만족합니다. 저는 다행히 손님이 묵는 집 곁에 살아
서 이로부터 아침과 저녁으로 이어 보게 될 터이니, 자주 가르침을 받
겠습니다.

○ **또 아룀**

주절(駐節)하는 사이에 필요한 것이 있으시면 바로 알려 주십시오.
모기만한 힘이나 성의(盛意)를 다하겠습니다.

○ **답.** 성 취허

이제 또 보살핌을 받아 위사(慰謝)가 모두 도리어 깊이 미안(未安)합
니다. 말단의 가르침인데, 이제 처음 만나서 번거롭게 해드려서는 안

---

2 광제(光霽) : 광풍제월(光風霽月). 황정견(黃庭堅)의 〈염계시서(濂溪詩序)〉에 "용릉
　의 주무숙은 인품이 매우 고상하여 가슴속이 깨끗해서 마치 온화한 바람과 맑은 달빛
　같다.[春陵周茂叔 人品甚高 胸中灑落 如光風霽月]"한 데서 온 말. 무숙(茂叔)은 주돈
　이(周敦頤)의 자(字).
3 어리(御李) : 현자(賢者)를 경모(敬慕)하는 일. 후한(後漢)의 순상(荀爽)이 이응(李膺)
　의 어자(御者)가 된 것을 기뻐하였다는 고사에서 나옴.

되겠기에, 마땅히 조용히 사양할 뿐입니다.

○ **진택(震澤) 사안(詞案)에게 드림.** 한주거사(漢洲居士) 붕명(鵬溟) 고(稿)

아끼고 사랑하는 마음이 속류를 벗어나　　　　　爲愛風標拔俗流
선진(先秦)의 양춘곡(陽春曲) 울리던 영중(郢中)[4]의 누각

　　　　　　　　　　　　　　　　　陽春先奏郢中樓
황도(皇都)는 예로부터 무척 아름다워　　　　皇都自古多佳麗
옷깃을 잇대어 멋진 잔치 가리기를 아까워 않네　莫惜聯襟辨勝遊.

임술년 상완(上浣). 이곳은 본디 가려(佳麗)라 부르는데, 호산(湖山)과 풍월(風月)이 뛰어난 곳이다. 만약 유관(遊觀)이 허락된다면 평생의 뜻을 이루겠다.

○ **아룀.** 야나기 진택

우리나라의 못난 유자(儒者)가 잘못되었으나 눈여겨 주시니 감사하는 마음은 끝이 없습니다. 많은 시가 구름을 따라 흘러오고, 맑은 저녁 하늘처럼 헬 수 없으니, 시도(詩道)가 시든 이후 다시 소호(韶濩)[5]의 소리

---

4 영중(郢中) : 영 즉 초(楚)나라 서울에는 백설(白雪)·양춘(陽春)과 같은 고상한 노래가 불렸는데, 대중가요인 '하리(下里)'와 '파인(巴人)'은 수천 명이 따라 부르나, 고상한 '백설'과 '양춘'의 노래는 너무 어려워서 겨우 수십 명밖에 따라 부르지 못하더라는 이야기가 송옥(宋玉)의 〈대초왕문(對楚王問)〉에 나옴.
5 소호(韶濩) : 소(韶)는 순(舜) 임금의 음악이고, 호(濩)는 은(殷) 나라 탕왕(湯王)의

를 듣습니다. 삼가 아름다운 시를 받들어 사례의 정성을 펼쳐 주시니,
감히 제 시원치 않은 솜씨라도 팔지 않고서야 장차 무엇으로 성풍(成風)
의 자귀[6]를 받겠습니까. 통절히 승묵(繩墨)을 더해 주시기 바랍니다.

사신의 배가 푸른 바다를 흘러 건너오니	仙槎遙涉碧瀛流
풍월도 다정하여 옥루에 비추네	風月多情照玉樓
오늘 모여 앉아 나누는 말은 어찌 다하리	此日盍簪談何竭
한 쌍의 흰 구슬[7]과 해맑게 놀았도다	一雙白璧得淸遊

임술년 8월 다시 바침.

○ 삼가 진택 고안(高案)에게 드림. 성 취허

비와호(琵琶湖) 위에서 해맑게 놀았으니	琵琶湖上占淸遊
물 위에 비친 달그림자가 가장 내 마음을 나타내네	水月襟懷第一流
낙하(洛下)에서 만남은 그 몇 차례이던가	洛下相逢其有數
담소하며 나그네 설움을 씻어내는 데 방해받지 않네	不妨談笑瀉羈愁.

임술년 9월.

아름다운 벗을 대했으나 일에 매여서 온전히 토론하지 못하였습니

음악.

6 성풍(成風)의 자귀 : 초(楚)나라 장석(匠石)이 상대방의 코끝에다 하얀 흙을 얇게 발라
놓고는 자귀를 바람 소리가 나게 휘둘러[運斤成風] 그 흙만 떼어 내고 상대방은 다치지
않게 했다는 이야기에서 비롯된 것.

7 한 쌍의 흰 구슬 : 성 취허와 이 붕명을 가림.

다. 뒷날을 기다려 다시 만나면 좋겠습니다.

○ **아룀.** 야나기 진택

쓰시마 섬에서 이곳에 이르는 사이 기행시편이 몇 편이나 되는지
요. 무릇 사람이 밖으로 백 리를 나가면 좁은 마음을 가진 이도 마음
이 넓어져 운몽(雲夢)[8] 대부분을 삼키고자 하는데, 하물며 공께서는 큰
바다를 건너시고 먼 길을 지나오셨습니다. 강산이 돕고 풍운이 지켰
으며, 제 나라와 고향을 그리워하는 마음과 키를 치고 남비(攬轡)[9]의
흥을 돋우시고, 큰 붓 속으로 들어간 것은 모두 해낭(奚囊)[10]의 주옥이
었습니다. 옛사람은 만 권의 책을 독파하고 만 리 길을 다 걸어간다
하는데, 두 분의 기이함을 생각하면 진실로 평범하고 혀를 찰 일일 뿐
이요, 박망(博望)과 용문(龍門)의 무리들이 물러나 기다릴 일입니다. 이
제 다시 장쾌하게 훌륭한 시를 읊으시니 감히 송구스러움을 느끼지
않겠으며, 덩달아 화답하나 어찌 밝은 달빛을 보상했다 하겠습니까.
경외스럽습니다.

　낭풍(閬風)[11]과 현포(玄圃)[12] 일찍이 노닌 적 없으나 閬風玄圃未曾遊

---

8 운몽(雲夢) : 초(楚) 나라의 대택(大澤). 사방 900리의 큰 연못.
9 남비(攬轡) : 천하(天下)의 정치(政治)를 바로 잡을 웅지를 품고 부임함. 처음으로 관
　직(官職)에 나아갈 때에 어지러운 정치(政治)를 바로잡을 큰 뜻을 품는 일.
10 해낭(奚囊) : 시초(詩草)를 넣는 주머니. 당(唐) 나라 시인 이하(李賀)가 명승지를 돌아
　다니며 지은 시를 해노(奚奴 종)가 가지고 다니는 주머니에 넣었던 고사가 전해 옴.

상계의 신선과 함께 올랐네 　　　　　　　上界仙曹共上流

다른 나라에 친한 벗 작다 마소 　　　　　莫謂異邦親友少

하늘을 하나로 밝은 달이 나그네 설움을 달래는데 　一天華月慰離愁

귀하는 내가 듣지 못하였으나 창졸간에 이에 이르시니 부디 몸조심하소서. 존공은 몇 년에 등과하였으며 어떤 말이 과제로 나왔으며, 지금 몇 살이신지요? 거친 땅에 사는 선비로서 비록 귀한 선비의 아래에서 성명을 부를 수 없으나, 먼저 이를 알리지 않고 물으니, 불공(不恭)에 가깝습니다. 저는 성(姓)이 원(源), 씨(氏)는 야나기가와(柳川), 이름은 고(剛), 자(字)는 용중(用中), 자호(自號)는 진택(震澤)이며, 본디 근강주(近江州) 사람인데, 이곳에 큰 호수가 있는 까닭에 붙인 것입니다. 고향을 잊지 않겠다함을 보인 것입니다.

○ 답신. 이 붕명

만나는 자리에서 곧 온전히 말씀 나누고자 했으나, 세 분 사신께서 내리신 일이 있어 이루지 못하였습니다. 다시 틈을 보아 서로 말씀 나누시지요. 저희들은 모두 시부(詩賦)로 등과하였는데, 성 취허(成翠虛)는 병오년(丙午年, 1666)에 급제하였고, 이 붕명(李鵬溟)은 무오년(戊午年, 1678)에 급제하였습니다.

---

11 낭풍(閬風) : 곤륜산 위에 있는 신선이 사는 곳.

12 현포(玄圃) : 곤륜산 위에 있는 신선이 사는 곳.

○ **아룀.** 야나기 진택

시부(詩賦)는 어떤 제목이었습니까. 한두 가지 듣고 싶습니다. 그대
의 나라는 중국과 땅이 서로 접해 있어 관리들이 서로 마주하니, 홍영
(洪永)¹³ 이래로 중국의 조칙(詔勅)을 많이 받았다면 과거(科擧)의 법제
도 저쪽 제도에서 유래한 것인지, 아니면 따로 나라의 법제가 있는 것
인지요?

이 붕명 : 시제(詩題)는 "다섯 빛깔의 관포(官袍)는 무의(舞衣)에 마땅
하고"였으며, 부제(賦題)는 "설향(薛香)의 기재(祈才)"였습니다.
성 취허 : 시제는 "흰 눈은 어떤 사람에게 경재(更裁)를 허락하고"였
으며, 부제는 "구공무(九功舞)¹⁴를 바로 보고"였습니다. 과식(科式)은
중국에 준하여 동일합니다.

○ **아룀.** 야나기 진택

제목이 무척 어려우니, 누가 감히 그 경지를 엿보겠습니까. 공은 대
과에 급제하여 매미 잡는 노인¹⁵과 같으니, 이른바 반근착절(盤根錯

---

13 홍영(洪永) : 홍은 홍무(洪武)를, 영은 영락(永樂)을 가리킴.
14 구공무(九功舞) : 당(唐) 나라의 정관(貞觀) 때 악무(樂舞) 명칭. 본명은 공성경선악
 (功成慶善樂)인데 태종(太宗)이 경선궁(慶善宮)에서 태어났으므로 정관 6년에 그곳에
 행행하여 종신(從臣)에게 연회를 베풀고 시(詩)를 지은 데서 연유되었음.
15 매미 잡는 노인 : 공자가 초나라로 가는 길에 숲 속을 지나다가 어떤 꼽추가 매미를
 잡는 것을 보았는데, 마치 매미를 줍듯이 하고 있어서, 공자가 무슨 도(道)가 있느냐고
 물으니, 꼽추가 답하기를, "나의 몸가짐은 마치 베어 낸 나무 등걸 같고 나의 팔놀림은

節)[16]이라 하겠으며, 더욱 이기(利器)를 보는 것이겠습니다. 드넓은 세상에서 서로 만나 천년이 한 때이니, 어떤 생각으로 말씀을 나누는 사이에 지기(知己)의 사귐을 이룰 수 있겠습니까. 옛사람은, '하룻밤 좋은 이야기가 십년 기이한 책을 읽는 것보다 낫다'고 하였는데, 저는 참으로 다행히 그런 기회를 얻었습니다. 사신이 이제 도착하여 자리가 아직 따뜻하지 않은데, 손님은 물고기처럼 꾀이고 잡무는 고슴도치 터럭처럼 모이며, 하물며 나랏말이 달라 양쪽의 심정을 모두 통하지 못하니, 안타까울 따름입니다. 이제 듣기에, 정사(正使) 대인의 명령이 내려져 급히 떠나신다니, 머무시는 동안 겨를이 있으면 좌우에 알려, 다시 와서 말씀 나눌 수 있기만 바랍니다.

○ **답신.** 성 취허

지금은 정사가 불러서 급히 들어가느라 조용한 시간을 내지 못합니다. 뒷날을 기다려 마음속의 깊은 생각을 다 나누시지요. 내일 놀러갈 곳은 허락이 날 수 있을지 모르겠습니다. 하루 종일 장쾌히 놀며 시를 지으리니, 바라건대 공이 서도주인(西都主人)을 짓는다면 어떻겠습니까.

마치 나뭇가지 같다." 하자, 공자가 제자들을 돌아보면서 이르기를, "의지(意志)가 헷갈리지 않고 통일되면 귀신에 가깝게 되는 법이라고 했는데, 그것은 저 꼽추노인을 두고 하는 말이다." 하였음.

16 반근착절(盤根錯節) : 구부러진 나무뿌리와 울퉁불퉁한 나무의 마디란 뜻으로, 여기서는 세력이 단단히 뿌리박혀 흔들리지 아니함을 비유.

○ 성 학사(成學士)와 이 진사(李進士) 두 분 탑하(榻下)에 바침.

야나기 진택

후관(候館)[17]으로 찾아뵈니 형한(荊韓)[18]을 알아봄이요

摳衣候館識荊韓

헤아림 없이 논교(論交)하니 예수(禮數)[19]가 넓도다 不料論交禮數寬

동서로 떨어진 서로 다른 세상이 만 리나 떨어졌으나

殊界西東元萬里

한 집안의 풍월로 난간에 기대도다 　一家風月倚闌干

문재가 기염을 토해 구양수·한유를 누르고 　文才氣燄壓歐韓

방촌(方寸)의 유래는 천지가 넓도다 　方寸由來天地寬

도리어 서로 만나 아직 미숙함이 안타까운데 　還恨相逢猶未熟

사신은 다시 에도성을 향해 간다네 　星軺復指武江干

○ 급히 차운하여 진택(震澤) 사안(詞案)에게 드림. 성 취허 주초(走艸)

달 같은 사신의 배는 옛 삼한에서 와서 　月一槎從古三韓

부상(扶桑)을 두루 도니 푸른 바다가 넓구나 　歷盡扶桑碧海寬

---

17 후관(候館) : 원래 관망용 소루(小樓)를 말하는데, 보통 왕래하는 관원이나 외국 사신
을 접대하는 역관(驛館)을 가리킴.

18 형한(荊韓) : 형주의 장사(長史)로 있던 한조종(韓朝宗)에게 보낸 이백(李白)의 편지
〈여한형주서(與韓荊州書)〉 가운데에 "살아서 만호후(萬戶侯)에 봉해지는 것보다도, 한
형주를 한 번 만나 보는 것이 소원이다."라는 말이 있는 데에서 유래함.

19 예수(禮數) : 신분(身分)에 알맞은 예의(禮儀). 주인(主人)과 손이 서로 만나 인사(人
事)함.

홀연히 고인(高人)을 만나 아름다운 시를 보이고   忽遇高人披麗藻
도리어 놀랍기는 자기(紫氣)는 북두와 견우성 사이[20]

                                        還驚紫氣斗牛干

굳센 붓과 웅장한 시는 유종원과 한유를 대적하고   健筆雄詞敵柳韓
가슴 속의 불평이 이나 뜻하는 자리는 넓네   胸襟磈磊意壇寬
맑은 향기 나는 밤 촛불에 구선(癯仙)[21]의 학이요   清凝夜燭癯仙鶴,
글의 기운은 도리어 성난 야간(野干)[22] 같네   詞氣還如怒野干.

○ 진택(震澤) 안하(案下)에게 바침. 봉명 봉고(奉稿)

사신의 뱃길 만 리 동한(東韓)에서 왔는데   星槎萬里自東韓
가는 곳 마다 호수와 산은 손님을 맞는 품이 넓네 隨處湖山客袍寬
머리 돌려 고향은 구름으로 막혔고   回首故園雲樹隔
언제나 옷을 걸고 강변에 누워보나   掛衣何日臥江干

○ 거듭 사례함

동쪽의 부상(扶桑)은 한국과 막혀 있고   東指扶桑可隔韓

---

20 자기는 …… 사이 : 용천(龍泉)과 태아(太阿)의 두 보검이 풍성(豐城) 땅에 묻혀 있으면
　　서 밤마다 북두성과 견우성 사이에 자기(紫氣)를 쏘아 발산했다는 전설이 있음.
21 구선(癯仙) : 한(漢) 나라 사마상여(司馬相如)가 일찍이 천자(天子)에게 아뢰기를, "역
　　대 신선들이 서로 전해 가면서 산택 사이에 거주한 이들은 형용이 몹시 파리하나니, 이것
　　은 제왕이 하고자 하는 신선이 아닙니다. [列仙之傳居山澤間 形容甚癯 此非帝王之仙
　　意也]"한 데서 온 말로, 전하여 형용이 파리한 은자(隱者)를 가리킴.
22 야간(野干) : 짐승의 이름.

가을을 맞아 나그네 회포를 달래는 것 같네 　　逢秋覊抱若爲寬

기둥에 기대어 사방을 둘러보니 천지 밖이요 　　憑軒四顧乾坤外

갑 속의 용천검은 기운이 위로 하늘을 찌르네 　匣裏龍泉氣上干

○ **아룀.** 진택

처음 만나 뵙고는 문득 기쁨을 나누었는데, 느낀 바가 크고 끝없었습니다.

훨훨 나는 봉황이 영주(瀛洲)[23]에서 내려 오고 　翩翩儀鳳下瀛洲

날개 쉬며 잠시 노니 목두(木頭)와 같네 　　憩翼姑遊若木頭

흔쾌히 보며 먼저 다투기는 밝은 시대의 상서로움이요

　　　　　　　　　　　　　　　　快覩爭先昭代瑞

바라건대 순임금 음악으로 다시 천년을 누리소서 　願將韶奏復千秋.

　　　　　　　　　　　　　신재 안공(愼齋安公) 오하(梧下)

○ **급히 아름다운 시에 이어서 근정(斤正)을 바람.** 신재 주고(走稿)

꿈속에서 삼신산과 십주(十洲)를 돌아보니 　　夢遶三山與十洲

맑은 놀이에 벌써 땅 끝까지 접하였네 　　　　清遊已接地窮頭

지금 비로소 양춘곡을 들으니 　　　　　　　如今始聽陽春曲

───────────────

23 영주(瀛洲) : 봉래(蓬萊)·방장(方丈)과 함께 이른바 삼신산(三神山)의 하나.

절조(絶調)는 영롱하여 가을을 울리네 　　　　　　絶調鏗鏘響素秋

　　제가 본국에 있던 날 뇌관(雷灌)과 같이 높으신 이름을 얻어 들었을
따름입니다. 이제 맑은 모습을 접하니 두망(斗望)[24]을 위로할만합니다.
다만 창졸간에 인연을 맺어 온전히 말씀을 나누지 못하였으니, 저는
이것을 탄식할 따름입니다.

---

24 두망(斗望) : 기준이 될 만한 것.

창랑필어(滄浪筆語)

야나기 진택(柳震澤)과 창랑(滄浪) 홍세태(洪世泰)가 나눈 대화 및 시.

○ **아룀.** 야나기 진택(柳震澤)

작년에 비로소 알아주셨으나, 여러 손님이 운집하여 비록 조용한 시간을 얻지 못하였어도, 보면 바로 도가 있는 줄 안대[目擊道存][25] 하였으니, 어찌 마음을 털어놓지 않겠습니까. 제가 곁에서 살펴본 이상, 더러운 땀이 등을 적시고 집안 가득한 더위가 사람을 푹푹 찌게 하나, 공은 홀로 우뚝 모양을 변하지 않았습니다. 이에 노래 속의 백설이 비단 옷에 가득하여, 맑은 바람이 솔솔 열 손가락 사이에서 생겨난다는 것을 알았습니다. 도연명이 이른 바 "몸에 여유가 있으면 마음이 늘 한가롭다" 함이 진실로 공을 일컫는 것입니다. 그리고 어제 글 짓는 자리에서 합격에 든 이는 누구인지 묻습니다.

---

25 보면 바로 도가 있는 줄 안대[目擊道存] : 자로(子路)가 일찍이 공자(孔子)에게 말하기를 "선생님께서는 온백설자(溫伯雪子)를 만나고자 하신 지 오래였는데, 만나고 나서는 아무 말씀이 없으시니 무슨 까닭입니까?" 하자, 공자가 이르기를 "그런 사람은 한 번만 보아도 도가 있는 줄 알 수 있으니, 또한 말할 필요가 없는 것이다. [若夫人者 目擊而道存矣 亦不可以容聲矣]"라고 했다는 데서 온 말.

○ 또 아룀

저번에 가르치신 미야케 도달(三宅道達)은 제가 나이를 잊고 사귀는 친구입니다. 어려서부터 배움에 뜻을 두고 부지런히 공부한 지 여러 해 되었습니다. 그의 형 원효(元孝)와 함께 과인(過人)의 이름을 날렸습니다. 내옹(乃翁)과 원암(元菴)은 지난 날 그대 나라의 진사 박 나산(朴螺山)과 필담을 나누었는데, 나산이 그 경이로운 재주를 칭찬하였고, 이즈음 벼슬에서 물러나 천남성(泉南城) 밖에 정자를 짓고 스스로 취락(醉樂)이라 이름 지었습니다. 제게 기문(記文)을 부탁하였는데 갈수록 굳세게 요청하고 있습니다. 전에 오사카로부터 보개(報价)가 이르기를, "공과 더불어 전아한 인사를 나누었다"고 하였습니다. 제게도 각별히 성의(盛意)를 얹어 주시면 크게 다행하고 감사하겠습니다.

○ 삼가 답신. 홍 창랑(洪滄浪)

오사카에 있을 때, 손우(遜宇) 형제로 인해 족하의 성명(盛名)을 얻어 들어 이미 기이한 인재임을 알았었는데, 이제 보니 과연 손우가 나를 속이지 않았습니다. 손우는 아버지를 위하여 취락정시(醉樂亭詩)를 부탁하며 간절히 그만 두지 않았습니다. 저는 쓰기를 그만 둘 수 없어 팔절(八絶)을 드렸으나, 무졸(蕪拙)하여 볼만하지 못합니다. 낮에 족하가 신재(愼齋)에게 부친 시를 보고 차운하여 드리지만 미철(未徹)하리라 생각합니다. 그리고 어제 여러 공들은 모두 기이한 인재라, 제가 품평할 바가 아닙니다.

○ 급히 써서 창랑 홍공 안하(案下)에게 드림. 진택

조선의 문신(文臣)은 당대의 영웅이요	鰈域詞臣當代雄
옥당에서 붓을 빼면 기운이 무지개 같네	玉堂抽筆氣如虹
글의 빛은 만 길을 가서 북두와 견우에 부딪히고	文光萬丈衝牛斗
기수(琪樹)[26]가 피어나는 푸른 바다 동쪽이라	琪樹(火)開碧海東

임술년 가을 8월.

○ 진택 공의 혜운(惠韻)에 급히 이어서. 창랑 근고(謹稿)

풍채는 끼끗하고 기상은 크고 넓어	清標洒落氣豪雄
굳센 붓은 서까래처럼 고운 무지개를 토해 내네	健筆如椽吐彩虹
만나 자리에서 담뿍 기쁨을 누리지 못함이 안타까운데	
	却恨逢場歡未洽
일정이 내일은 관동으로 향한다네	驛程明日向關東

임술년 8월.

○ 아룀. 진택

뛰어난 시편을 삼가 읊으니 진실로 청묘(清廟)의 완벽한 연주입니다. 웅건하고 민첩하니 온팔차(溫八叉)[27]의 한 흐름임이 분명하군요.

---

26 기수(琪樹) : 구슬을 드리우고 있다는 선경(仙境)의 옥수(玉樹).

27 온팔차(溫八叉) : 당(唐)나라 시인 온정균(溫庭筠)을 이름. 그가 시를 민첩하게 잘 지었는데, 손으로 깍지를 여덟 번 끼는 동안 여덟 수의 시를 지었으므로 이렇게 불렀음.

관동으로 가시는 길에 벌써 아침이 밝았으나, 저 또한 명령을 받아 내일 정오에 에도로 가니, 비록 잠시 헤어져도 다시 만날 기약이 있습니다. 하늘 끝에서 만나 나누는 친분이 글을 지으며 함께 노닐기를 바라나, 허락이 될지 모르겠습니다.

○ **답신.** 창랑

정의(情誼)가 애연(藹然)하여 사람을 아끼는 마음이 충분히 보이니, 글을 지으며 노닐기를 진실로 바라는 바입니다. 공의 뒤를 따르길 청합니다. 제 시가 어찌 공의 말씀에 미치겠습니까. 손님을 대하여 시를 논하는 것은 내 스스로 즐기는 일이요, 이 일에는 지치지 않습니다.

○ **아룀.** 진택

공이 재주 없는 이처럼 처신하시니, 이는 스스로 겸손히 일컫는 것입니다. 이제 공을 뵈오니 달리듯 써 내리는 글이 비록 옛 호걸이라도 두려울 것은 이상하지 않습니다. 저 같은 사람은 뇌문(雷門) 앞에서 포고(布鼓)를 치고,[28] 용궁에서 개구리 울음소리를 내니, 오직 웃음거리로 삼으실 뿐입니다. 가득했던 손님들 때문에 저 또한 정신이 없고 지

---

28 뇌문(雷門)에서 포고(布鼓)를 치고 : 감히 어른에게 당치 않게도 변변찮은 말을 개진하였다는 뜻. 뇌문은 뇌문고(雷門鼓)의 준말로, 그 소리가 백리 밖에까지 들렸다는 월(越)나라 회계성문(會稽城門)의 큰 북이고, 포고(布鼓)는 포목으로 만들어 아예 소리도 나지 않는 북을 말함.

쳤는데, 엎드려 생각건대 공께서도 지독히 피곤하시리라 봅니다. 에도
에서 돌아오면 다시 만나 진심어린 마음으로 이야기 나누시지요.

○ **답신.** 창랑

일이 있으면 마땅히 가지요.

○ **아룀.** 진택

에도에서 다시 만나시지요.

서경필어(西京筆語) 후(後)

야나기 진택(柳震澤)과 취허(翠虛) 성완(成琓)이 나눈 대화

○ **아룀.** 취허(翠虛)

오랜 이별 뒤에 홀연 맑은 모습과 마주하니 기쁨을 이기지 못하겠습니다.

○ **답신.** 진택(震澤)

에도에서 일을 하는 가운데 비록 아침과 저녁으로 만나면서도 서로 일에 매어, 마침내 팔을 잡고 얼굴을 펴며 맑은 가르침을 받으려 했으나, 숙소의 곁에서 얼굴을 뵐 수 없었습니다. 홀연히 헤어져 (공이 있는 곳에) 이르려는 마음 일찍이 하루라도 게을리 하지 않았습니다. 문득 우뚝한 모습을 접하고 답답한 마음을 풀었는데, 이곳에 머무는 비록 사나흘이나 옥 같은 시를 짓는 자리에서 주고받으니, 이로써 다시 천재일우의 기이한 인연을 맺습니다. 다만 안타깝기는, 취장(趣裝)이 가까워 등잔불을 밝혀 낮을 이었으나, 겨우 이것이 눈 돌릴 사이일 뿐입니다. 신선과 범부처럼 한번 떨어지면 침린(沈鱗)과 약우(弱羽)[29]가 되

리니, 다시 재회의 기약이 없어 지극히 망연한 마음을 감당할 수 없습
니다.

○ **아룀.** 취허

올 때에 순암공(順菴公)이 동화지(桐花紙) 이백 엽(葉)을 주었고, 또
헤어질 즈음 글을 한 장 보내셨는데, 제가 가서 총망한 가운데라 차송
(次送)함만 같지 않았습니다. 서경(西京)[30]에 도착하는 날, 이 일을 잊
지 않고 문인 야나기(柳)에게 부치겠습니다. 풍편(風便)에 부쳐서 재삼
정중한 뜻을 보이고, 오늘 내일 사이에 마땅히 속초(續貂)[31]의 소리를
짓겠습니다. 만약 적당한 편이 있다면 다행히 저를 위해 바로 전해 주
십시오.

○ **아룀.** 반곡(盤谷)

저 또한 그렇습니다.

---

29 침린(沈鱗)과 약우(弱羽) : 《장자(莊子)》 소요유(逍遙遊)에 나오는 붕(鵬)은 우(羽),
곤(鯤)은 인(鱗)을 가리키는데, 한유(韓愈)의 시에 "북극에는 홀로 날아가는 새 한 마리,
남명에는 깊이 숨은 큰 물고기 한 마리[北極有羈羽 南溟有沈鱗]에서 따옴. 서로 만나기
어려운 상황을 비유적으로도 씀.

30 서경(西京) : 교토(京都)를 말함.

31 속초(續貂) : 함부로 관원을 임명하는 바람에 담비 대신 개 꼬리로 관을 장식하였다는
'구미속초(狗尾續貂)'의 준말로, 자격 없는 벼슬아치라는 뜻의 겸사.

○ **답신.** 진택

말씀하신 뜻을 모두 알겠습니다. 지난 날 순암(順菴)이 제게 편지를 보내, "에도의 좋은 모임은 진실로 일생의 성사(盛事)였다"고 하였습니다. 겨우 형지(荊識)를 얻어 문득 마음을 내어 남의 마음속에 두었으니, 있는 곳은 비록 남북으로 갈렸으나 정(情)은 삼상(參商)으로 막지 못합니다. 청풍명월(淸風明月)은 길이 잊지 않으려 맹세하나,[32] 오직 안타깝기는 정록(征轆)이 빈발하여 즐거이 맞이할 겨를이 없고, 염려스러운 괘념은 한갓 해조(海潮)가 전할 소식에 의뢰할 따름인 것입니다. 저번에 보내드린 거친 시는 곧 사음(嗣音)[33]을 내리셔서 속히 이를 전하니, 정성을 가득 쌓아 저를 위한 은근한 뜻이 이에 이르렀습니다. 훌륭하신 화답시가 탈고되시면 하루아침에 이르기를 바랍니다.

○ **아룀.** 취허

우리나라에서는 어머니와 함께 태어난 남자를 외삼촌[舅]이라 하는데, 그대의 나라도 또한 그렇지 않은가요.

---

32 길이 …… 맹세하나 : 《시경》〈위풍(衛風) 고반(考槃)〉에 "고반이 시냇가에 있으니 훌륭한 분이 태연히 거처하네. 홀로 잠을 자고 깨어 길이 잊지 않으려 맹세하네.[考槃在澗 碩人之寬 獨寐寤言 永矢弗諼]"에서 따옴.
33 사음(嗣音) : 덕음(德音)을 잇는다는 말. 답서(答書)하지 못하며 매양 소만(疏慢 등한하고 게으름을 말하기도 함.

○ **답신.** 진택

바로 그렇습니다.

○ **아룀.** 진택

순암(順菴)의 막내아들은 이름이 인량(寅亮)이고 호는 국담(菊潭)인
데, 어려서부터 배우기를 좋아하여 열심히 게으르지 않았습니다. 이즈
음 들어 저의 글방에 있으면서 학업을 떼고 이제 상속하려 하니, 봉모
(鳳毛)[34]의 아름다움을 거의 잃지 않았습니다. 일찍이 명공(明公)이 이
곳에 오신다는 말씀을 듣고 (만나 뵙기) 바랐으나, 향운(鄕雲)이 별처럼
늘어섰을 뿐만 아니라, 소매 속에 명함이 있고 행렬은 정처가 없으니,
제가 감히 그를 위하여 먼저 뵈이고저 합니다. 일찍이 고야마(小山) 옹
에게 말씀해 두었으나 좌우에 전달되었는지 모르겠습니다. 엎드려 바
라건대 완적(阮籍)의 눈이 한번 푸르러 진다면[35] 그가 오랫동안 지녀
온 흠모의 소원이 얼음 녹듯 할 것입니다. 만약 쇠오줌 말 오줌[36]이라

---

34 봉모(鳳毛) : 진(晉)나라 명신(名臣)인 왕도(王導)의 아들 왕소(王劭)가 부친처럼 비범
　하였기 때문에 환온(桓溫)이 그를 보고는 "봉의 터럭을 가지고 있는 것이 원래 당연하다.
　[固自有鳳毛]"고 찬탄했다는 고사에서 따옴.

35 완적(阮籍)의 …… 진다면 : 청안(靑眼)은 반가워하는 눈빛을 말한 것으로, 진(晉)나라
　때 죽림칠현(竹林七賢)의 한 사람인 완적은 난세(亂世)에 몸을 보전하기 위해 짐짓 세상
　일을 관여하지 않고 술만 마시고 취하는 것을 일상으로 삼았었는데, 자기 모친(母親)이
　작고했을 때에도 혜희(嵇喜)가 빈손으로 가서 조문할 적에는 반갑잖은 표정을 지었다가,
　혜희의 아우인 혜강(嵇康)이 술을 가지고 가서 조문하자, 그제는 크게 기뻐하여 반가운
　표정을 지었다는 고사에서 온 말.

36 쇠오줌 말 오줌 : 훌륭한 의원은 옥전(玉箭) 청지(靑芝) 같은 좋은 약이나, 쇠오줌[牛

도 약병 가운데 거두고 버리지 않으시기는 바로 명공의 한 전수(展手)[37]의 사이에 있을 따름이니, 그가 어찌 우러르지 않겠으며 제가 어찌 추천하지 않겠습니까.

○ **아룀.** 취허

에도에서의 훈지(塤篪)[38]는 실로 고금에 쉬 얻기 어려운 일로, 저는 다행히 부고(桴鼓)[39]를 잡고 그 사이에서 외람되이 싸웠으나, 큰 길에서 겨우 노둔한 걸음을 걸었습니다. 순암공(順菴公) 종장(宗匠)의 큰 솜씨를 얻어 보고, 다시 명공(明公)의 영재들을 만났는데, 곁에서 하야시 정우(林整宇)의 박식과, 후지 사봉(藤士峰)의 굉장한 작품을 대하였으니, 그 얼마나 다행인지요. 이제 들으니, 국담공(菊潭公)의 묘년기재(妙年奇才) 또한 공의 문하에서 나왔다고 하니, 비로소 인재를 기른 성대함과 한 시대를 풍미할 것을 알겠습니다. 깊이 또 깊이 축하드립니다.

○ **답신.** 진택

명공(明公)이 일찍이 우리나라를 인재의 큰 늪이라 하였는데, 아, 조

洩]·말오줌[馬溲]·떨어진 북가죽[敗鼓之皮] 같은 것을 모두 모아서 병을 치료하는 약으로 쓴다는 뜻에서 따옴.
37 전수(展手) : 전수책지(展手策之) 곧 '팔을 펴서 땅을 짚기를 마치 지팡이를 짚는 것과 같이 하는 것'의 준말. 반답(半答)의 방법.
38 훈지(塤篪) : 질나팔과 저로, 형제 사이를 말함.
39 부고(桴鼓) : 전쟁 때 또는 도적을 잡거나 쫓을 때에 북을 쳐서 신호하는 것을 말함

그만 탄환이 어찌 여기에 이를 수 있을까요. 그러나 이른바 두세 사람 같으면 진실로 한 시대의 영수(領袖)요 선비의 기둥입니다. 그리고 명공이 돌보고 아낀 나머지 저를 그 사이에 끼워주시나, 누가 감히 떳떳하다 말하겠습니까. 국담(菊潭)이라면 당시 저의 글방에 묵으며 글을 짓고 다듬어, 이에 책을 싸 짊어지고 종을 치는 짓[40]은 하지 않았습니다. 곧 나아와 인사드리기를 허락하시면, 내일 손을 잡고 오겠습니다.

○ **아룀.** 취허

제가 에도에 있던 날, 문득 나가토주(長門州)[41]의 서기인 야마다 히카루(山田熙)를 만났는데, 그 사람의 나이가 열여섯이었으나, 시를 짓고 글씨를 잘 써 꽤 많이 수창(酬唱)하였거니와, 천리구(千里駒)의 기상이 엿보였습니다. 이제 듣건대, 국담이 영재로 열일곱에 벌써 숙성(夙成)하다 하니, 그대 나라의 인재가 많이 나와 풍아(風雅)를 이을 것을 손뼉 치며 기뻐합니다. 국담공과 조용히 만나기는 뒷날을 바라고, 야마다 씨는 저와 한번 만나자고 이 말을 전해주십시오.

---

40 종을 치는 짓 : 유향(劉向)의 《설원(說苑)》에, 자로(子路)가 열국(列國)의 제후들이 공자를 등용하지 못한 것을 두고, "천하의 큰 종을 걸어 놓고 가는 풀줄기로 치면 어떻게 소리를 울릴 수 있겠는가." 하였음. 세상 사람들이 큰 그릇을 알지 못한다는 뜻.

41 나가토주(長門州) : 지금의 야마구치현(山口縣)의 북서부에 상당함.

○ **답신.** 진택

간절한 바, 저의 생각을 한번 말씀드렸는데, 주신 덕이 진실로 무겁습니다. 그러므로 이 성의(盛意)가 국담에게 이르면, 국담은 고무되어 옷을 거꾸로 입은 지도 모르고 이를 것입니다. 말씀하신 야마다 히카루는 저도 본디 아는 이인데, 영민하고 날카로워 자못 예림(藝林)의 사이에서 활약합니다. 이제 들으니, 에도에서 기조(記曹)에 있으며 아름다운 수창(酬唱)을 하였군요. 저 또한 이를 기뻐하며, 다른 날 만나게 되면 반드시 높으신 가르침을 알리겠습니다.

○ **아룀.** 진택

국담이 비로소 광범(光範)을 뵙고 거듭 귀한 말씀을 들었습니다. 제게도 감사하기 그지없습니다. 감히 제 시를 바치기를 청하오니, 문득 점찬(點竄)[42]을 내려주십시오. 옥을 이루는 아름다움[43]은 오직 명공의 보살핌입니다.

○ **아룀.** 취허

앞에 마주할 일정이 없어 이제 와서 슬퍼하는데, 이제 또 찾아주시

---

42 점찬(點竄) : 한번 글을 지으면 다시 고치는 일.
43 옥을 이루는 아름다움 : 원문의 옥성지미(玉成之美). 완전하게 성취하는 것을 말함. 송(宋)나라 장재(張載)의 〈서명(西銘)〉에 "궁한 상황 속에서 근심에 잠기게 하는 것은 그대를 옥으로 만들어 주려는 것이다.[貧賤憂戚 庸玉汝於成也]"라는 말이 나옴.

니 진실로 지극히 다행한 가운데 천만 의표입니다. 순암공의 아드님
이 따라 와 마치 순암 학사를 본 듯하니, 풍채가 늠름하여 가문에 걸
맞아 기뻐 경하하였습니다.

○ **아룀.** 진택

저희 어린 것들이 졸지에 엄덕(嚴聽)을 입고 잘못 퇴곡(推轂)[44]을 받
아, 감명(銘感)함이 뼈에 사무칩니다. 이에 저 같은 사람은 왕겨를 얻
어 나락을 까부니, 후하게 돌보아 주심을 어찌 두려워 감당하겠습니
까. 순암이 사정을 듣고 오대(鰲戴)[45]를 기울였습니다.

○ **답신.** 취허

어제 여관에 국담(菊潭)을 데리고 와 반나절 좋은 이야기를 나누어
실로 흔쾌하였는데, 지금 또 찾아오셔서 송별을 하시니 깊이 다행스
럽습니다. 우연히 듣기에, 순암공이 천 리를 잊지 않고 선물을 보내주
셨다 합니다. 마침 주고받지 못하였으나, 듣고 와서 그 후재(厚載)[46]의

---

44 퇴곡(推轂) : 옛날에 제왕이 장수를 파견할 때에 바퀴통을 밀어 주면서 "곤내(閫內)는
    과인이 제어할 테니 곤외(閫外)의 일은 그대가 제어하라."고 하며 전권(全權)을 위임했던
    것을 말함.
45 오대(鰲戴) : 동해(東海)의 큰 자라가 신산(神山)인 봉래산(蓬萊山)을 머리에 이고 손
    뼉을 치며 기뻐한다는 고사에서 온 말로, 전하여 백성들이 매우 기쁜 마음으로 임금을
    떠받드는 것을 의미. 여기서는 순암이 그만큼 기뻐했다는 말.
46 후재(厚載) : '넓고 두터움은 만물을 실어 준다[博厚載物]'는 『중용』에서 나온 말.

깊은 정은 진실로 극별히 가상합니다. 마땅히 시를 지어서 결코 잊지 않을 뜻을 알립니다.

○ **아룀.**　진택

지난번에 국담이 처음 모습을 뵙고 돌아와 신나게 사람들에게 자랑하며, 사랑이 집 위의 까마귀에게까지 미쳤으니,[47] 명사(鳴謝)가 어찌 속마음을 토하겠습니까. 순암(順菴)이 드린 문방구 하나는 조만간에 고야마(小山) 씨를 통해 이를 것이니, 공께서 밀쳐내실까 싶습니다. 제대로 갖추지 못한 선물은 오직 그 속마음을 살피시고 끝내 버리지 마십시오. 아, 마음에 흔쾌한 일은 늘 많이 얻을 수 없고, 마음에 흔쾌한 벗은 늘 많이 만날 수 없습니다. 제가 명공(明公)을 만나 나라는 달라도 같은 마음으로 만 리 떨어져도 한 자리처럼 취미(臭味) 서로 맞았는데, 두시(杜詩)에 이르기를, "마음을 열어 그대의 참모습을 대하네"라는 것이 이 아니겠습니까. 저는 어떤 사람인지, 지난번에 비로소 서경(西京)에서 뵙고, 천 리를 지나 에도에서 굳은 맹세를 하였으며, 지금 옛집에 물러나 기다리니 운수가 기이합니다. 우리나라의 사대부가 어떤 한계로 혹 한 번 보고 혹 두 번 만나나, 저처럼 앞뒤로 훈염(薰染)하고 좌우로 견도(甄陶)하는 이는 없었습니다. 모이고 흩어지기가 정해져 있지 않고, 날짜는 머무르기 어려우니, 한번 헤어진 다음 바람 든 마소처럼 서로 미치지

---

47 사랑이 …… 미쳤으니 : 어떤 사람을 사랑하면 그가 사는 집 위의 까마귀까지 귀엽게 보인다는 뜻으로, 사람을 사랑하는 마음은 그 사람 주위의 것에까지 미침을 이른 말.

못합니다.[48] 이런 생각에 마음이 어둡고 혼이 녹아내릴 뿐[49]입니다.

○ **답신.** 취허

헤어질 때 다만 며칠을 머물러 깊이 슬픈 마음을 끊었습니다. 전에
없었으나, 혹 다시 마주하여 인사를 나눌 수 있을지 모르겠습니다.

○ **아룀.** 진택

아득한 하늘 끝의 사람이며, 애틋하게 나눈 하늘 끝의 말이며, 의지하
게 될 하늘 끝의 정이여. 떨어지는 나뭇잎이 쓸쓸하고, 지나는 기러기가
누각에 이르렀는데, 하량(河梁)은 천고에 이별의 눈물짓는 곳이요, 모두
이별의 가련한 모습 아님이 없으니, 조각배에 몸을 싣고 만 리를 가시니
다시 만날 날은 언제인지요. 사람은 목석이 아닌지라 애 끊는 슬픔을
어쩌지 못하지요. 떠나갈 즈음 당상 문 앞에서 출영(出迎)하여, 반드시
마지막으로 얼굴을 보고 헤어지고자 하니, 여기서의 고의(高誼)를 생각하
면 마음이 흔들려 어찌 연절(戀切)함을 이기리오. 구름을 빌려 종이를
삼고 바닷물을 퍼서 붓을 적셔 이 이별의 한을 쓴다면 다하겠습니까.

---

48 바람 든 …… 못합니다 :《춘추좌씨전(春秋左氏傳)》희공(僖公) 4년 조에 "군주께서는
북해에 처하시고 과인은 남해에 처해 있으니, 이것이 마치 바람난 마소들이 암수가 서로
찾아도 만날 수 없는 것과 같습니다. [君處北海 寡人處南海 唯是風馬牛不相及也]"라
고 한 데서 온 말로, 서로 멀리 떨어져 만나지 못함을 비유.
49 마음이 어둡고 혼이 녹아내릴 뿐 : 남조 양(梁)의 강엄(江淹)이 지은 〈별부(別賦)〉 첫
머리에 "黯然銷魂者 唯別而已矣"라는 말이 나옴.

반곡필어(盤谷筆語)

야나기 진택(柳震澤)과 이반곡(李盤谷)이 나눈 대화.

○ **아룀.** 반곡(盤谷)

이제 청안(靑眼)을 접하니 기뻐서 이루 말할 수 없습니다.

○ **답신.** 진택(震澤)

이름다운 모습을 흠모하나 실로 연진(燕秦)이 막힌 듯합니다. 날마다 몇 번이나 애태웠는지, 다시 청진(淸塵)[50]이 이르시니 지극히 유쾌한 마음 더합니다. 공이 에도에 있으면서 '담체(痰喘)[51]에 걸렸다'하셨는데, 다른 일은 없으신지 모르겠습니다. 식사를 제대로 못하고 일은 번거로워 몸과 마음 모두 피로한 것은 옛 사람이 경계한 바이니, 해로와 육로의 돌아오는 여정이 아직 반도 미치지 못하였으므로, 순시진섭(順時珍攝)하시기 바랍니다. 제가 듣건대, 적게 생각하며 정신을 기

---

50 청진(淸塵) : 고풍청진(高風淸塵)의 준말로, 인품이 고결한 사람을 비유할 때 쓰는 표현.
51 담체(痰喘) : 가래와 기침.

르고 적게 말하며 기운을 기른다 하니, 아무 일 없을 때도 이렇거늘 하물며 병중이십니다. 그런 뒤 약을 먹으며 치료하시면 병마가 비록 교활할지라도 마땅히 맑게 나으실 것입니다.

○ 또 아룀

공이 일찍이 아홉 편의 시를 보내신다 하셨으나, 찾고 뒤져보았으나 아직 이르지 않았습니다. 감히 청하오니, 다시 거필(巨筆)을 휘둘러 내려주셔서 영광스럽게 의표(意表)를 내주십시오.

○ 답신. 반곡

제가 잊었습니다. 마땅히 다른 시를 남기고 떠나지요. 저번에 공의 기행시는 내가 상자 속에 잘 보관하여, 다음 날 얼굴을 보는 듯하고 싶습니다.

○ 아룀. 진택

백 척 다락 가운데의 사람이 손으로 별을 잡고 발로 구름을 밟아, 아래로 티끌세상을 바라보니 어찌 개미 둑이 아니겠습니까. 저의 시 같은 것이 어찌 손님의 상자 안에 들어갈 만하겠습니까. 신선의 주방에 난포(鸞脯)와 봉태(鳳胎)를 보관하지 않고, 유독 이의 뇌와 개미의 간만을 취하니, 어진 이의 마음은 진실로 측량할 수 없습니다. 모나게

흘러 구슬이요, 둥글게 흘러 옥입니다. 가슴에 시원(詩源)을 저장하여
마땅히 참작하여 마르지 않게 할 것입니다. 그대는 그 사이에 어여쁜
화답시를 내려주시길 바랍니다.

○ 또 아룀

순암(順菴)이 부모의 상을 모시매 3년을 술과 고기를 끊고 성색(聲
色)을 가까이 하지 않았는데, 이미 취허(翠虛) 공에게 알린 대로입니다.
저는 어려서 아비를 잃고 장성하여 어미를 잃었는데, 그 의례를 한결
같이 순암이 행한 대로 따랐습니다.

○ 답신. 반곡

지극하시도다, 진실로 하늘에서 낸 효행이군요. 이는 자래(自來)라
하겠습니다.

창랑필어(滄浪筆語)

야나기 진택(柳震澤)과 창랑(滄浪) 홍세태(洪世泰)가 나눈 대화.

○ **아룀.** 창랑(滄浪)

헤어진 후 무고하신지요? 순암(順菴)의 시와 족하의 시는 모두 벌써 차운하였고, 이제 정서(淨書)하여 드리려 하나, 혼금(閣禁)[52]이 자못 엄중하여 족하의 무리들처럼 임의로 출입을 할 수 없다 하니, 어떻게 해서 전해 드려야할 지 모르겠습니다.

○ **답신.** 진택(震澤)

에도에서 잠깐 뵌 뒤에 우러르며 잊지 못하였는데, 공근(公瑾)의 전국술[53]이 사람을 크게 취하게 하는 것 같습니다. 우연히 훌륭하신 화

---

52 혼금(閣禁) : 관청에서 잡인의 출입을 금지하는 것.

53 공근(公瑾)의 전국술 : 삼국시대 오나라 정보(程普)가 주유(周瑜)와의 두터운 교분을 비유하면서 "주 공근과 사귀다 보면 마치 전국술을 마신 것처럼 나도 모르게 절로 훈훈하게 취해 온다. [與周公瑾交 若飮醇醪 不覺自醉] "라고 한 말이 있음. 정보는 주유와 비교하면 수준이 한참 아래이기 때문에 동격으로 논해질 자격도 없다는 말. 정보가 주유보다 나이가 많다는 이유로 업신여기곤 하였는데, 그때마다 주유가 겸손하게 자세를 낮

답시를 받들어 벌써 원고를 마쳤는데, 마땅히 고야마(小山) 씨에게 부탁하여 보내시면, 어찌 감히 지체하겠습니까.

○ **아룀.** 창랑

지난 번 존대인(尊大人)이 제게 연갑(硯匣)을 부쳐 주셨는데, 고마운 마음을 어찌 다 말로 하겠습니까. 이미 편지를 써서 토모조(朝三)에게 부쳤는데, 결과를 알지 못하여 초조함을 견디지 못하겠습니다. 이르렀는지 몰라, 부침(浮沈)을 면하지 못하고 있습니다.

○ **답신.** 진택

연갑(硯匣)은 벌써 좌우에 전달되어 기쁨은 그지없습니다. 물건은 보잘 것 없으나 뜻은 깊어서, 청완(淸玩)에 도움이 되고 만 리 타향에서 위로가 되면, 오랜 벗이 될 것을 알 수 있습니다. 감사한 편지라면 토모조에게 부탁하여, 생각건대 조만간에 제 손에 들어올 것입니다. 그렇지 않다면 에도에 바로 전하여, 감히 진념(軫念)을 수고롭게 하지 않겠습니다.

추면서 끝내 다투려 하지 않자, 정보가 결국에는 존경하며 심복하게 되었다 함. 공근(公瑾)은 주유의 자.

○ **아룀.** 창랑

제가 오사카 성에 이르러 따로 시를 지어 서문과 함께 부치고자 하나 쓰시마(馬嶋) 사람이 여러모로 막아서 전달되지 못한 것이 안타깝습니다.

○ **아룀.** 같음

이미 영감께 아뢰었으니, 곧 그대를 불러서 볼 것입니다. 이상 두 건은 출발이 임박하여 자리에 필묵이 없어 창랑이 편저(片楮)에 써서 보냈기에 답신이 없다.

이보다 앞서 박 동지(朴同知)와 안 판사(安判事)는 통역을 통해 삼사(三使)의 뜻을 전하였기에, 창랑의 말이 이와 같았다.

○ **아룀.** 창랑

영감께서 족하의 시에 차운하여 보내고자 하였으나 오사카의 뒤에 있을 뿐이었습니다. 오사카에 이른 다음 족하는 혹 사람을 통해 서간을 보낸 일이 있습니까? 답신이 앞의 건처럼 이르지 않았다. 이는 사군(使君)의 뒤에 보인다.

후서경(後西京) 조선의관(朝鮮醫官)
정동리(鄭東里)와 주고받은 필어(筆語)

물음 야나기 진택(柳震澤)

대답 정동리(鄭東里)[54]

물음: "이 두 가지 대(竹)는 이름이 무엇이며, 그대 나라에도 있습니까?"

대답: "이것은 무엇이라 합니까? 우리나라에도 대가 몇 종류 있는데, 그 잎이 넓거나 좁음만 다를 뿐입니다."

물음: "우리나라에서 이것은 담죽(淡竹)[55]이라 하는데, 맞는지 틀리는 지 모르겠습니다."

대답: "담죽은 고죽(苦竹)[56]과 비교해보면 무늬가 있습니다. 고죽 외

---

54 정동리(鄭東里): 1682년 통신사 양의(良醫) 정두준(鄭斗俊). '동리'는 그의 호.

55 담죽(淡竹): 감죽(甘竹). 솜대. 벼과에 딸린 대의 일종. 줄기가 단단하고 질겨 건축이 나 그릇을 만드는데 씀. 순(筍)은 담백하면서 달아 식용함.

56 고죽(苦竹): 왕대. 참대. 벼과에 딸린 대의 일종. 나무질이 단단해 기구 재료나 건축재 로 쓰며, 죽순은 식용함.

에는 모두 약(藥)으로 쓸 수 있습니다."

물음: "그렇다면, 지금 보여드린 것은 담죽이 아닙니까?"동리가 머리를 흔들었다.

물음: "우리나라에서는 이것을 고죽이라 하는데, 어떻습니까?"

대답: "담죽이란 것은 우리나라에서 면죽(綿竹)[57]처럼 쓰는데, 그 대는 긴 그루가 없습니다. 다만 무더기로 더부룩하게 나고 잎이 넓습니다. 만일 면죽 잎이 없다면 여러 대를 모두 쓸 수 있지만, 오직 고죽만 약으로 쓰지 못하니, 고죽이란 것은 오죽(烏竹)[58]입니다."

물음: "그대 나라에서 죽력(竹瀝)[59]을 얻을 때 무슨 대를 씁니까? 그 이름과 모양에 대한 가르침을 자세히 베풀어주시기 바랍니다. 대체로 약물(藥物)[60]은 조금만 잘못 써도 단지 병에 이로움이 없을 뿐만 아니라 사람을 죽이니, 부월(鈇鉞)[61]보다 날카롭다 할 것입니다. 이 때문에 제가 수다스럽게 많이 물을 뿐입니다. 여장(旅裝)을 꾸리시는 데 쓸데없이 번거롭게 제가 몸소 찾아뵈어 여기에 이르렀으니, 이미 싫증이 나셨을까 두렵습니다. 그러나 이런 만남은 결코 거듭할 수

---

57 면죽(綿竹): 솜대.
58 오죽(烏竹): 검정대. 수피(樹皮)가 처음에는 녹색이나 다음해부터는 검은 자줏빛으로 변하는 대나무.
59 죽력(竹瀝): 참대기름. 참대의 줄기를 불에 구워서 나오는 즙액을 약재로 이르는 말. 열을 내리고 담을 삭임.
60 약물(藥物): 병을 치료하고 해충을 구제하는 물질의 통칭.
61 부월(鈇鉞): 형구(刑具)인 작두와 큰 도끼의 병칭. 부월(斧鉞).

없으니, 잠시 머무르시며 마음속의 재지(才智)와 식견(識見)을 알려주
시기를 다시 청합니다. 이것이 인술(仁術)의 시작입니다.

　면죽과 오죽에 대해 또 여쭙는데, 모양을 저는 분명히 알지 못하겠
습니다. 그대는 우리나라에 이르러 길이나 지나는 곳에서 그것을 두
루 보셨습니까?"

대답: "면죽(綿竹)은 길가에서 많이 보았습니다. 언덕 위에 무더기로
더부룩하게 나고, 긴 그루가 없으며, 그 높이는 1자를 넘지 않는 것
이 이것입니다. 잎을 쓰는 것은 면죽 잎을 쓰고, 즙을 얻는 것은 대죽
(大竹)[62]을 쓰며, 오죽(烏竹)은 그 그루가 검은 것이 이것입니다."

물음: "그렇다면 면죽은 이 그림 모양과 같은 것입니까? 대개 조(篠)[63]
의 종류입니다."

대답: "우리나라에서는 면죽이라 이름합니다."

물음: "혹시 서로 같지 않음이 조금이라도 있다면, 그대 또한 그 모양

---

62 대죽(大竹): 거칠고 큰 대의 일종.
63 조(篠): 조릿대. 벼과에 딸린 대의 일종. 줄기가 가늘어 화살대나 복조리를 만드는데
　알맞음.

을 그려서 보여주십시오. 제가 뒷날 명백한 증거로 삼겠습니다.”

물음: “도홍경(陶弘景)[64]은 ‘대 종류는 많은데, 약(藥)으로 쓰는 것은
근죽(箽竹)[65], 다음으로 담죽(淡竹)과 고죽(苦竹)이고, 오직 실중죽(實
中竹)[66]과 황죽(篁竹)[67]만 약으로 쓸모가 없다.’고 했고, 소송(蘇頌)[68]

---

64 도홍경(陶弘景): 자는 통명(統明). 호는 은거(隱居)·화양은거(華陽隱居). 중국 남조
(南朝) 때 양(梁)나라 본초학자(本草學者). 남제(南齊)의 하급귀족 집안에서 태어나 고
전과 의약학 등을 공부했음. 29세 때 큰 병에 걸린 것을 계기로 도교에 심취했으며, 손유
악(孫遊岳)에게 사사해 상청파도교경전(上淸派道教經典)의 정통적 계승자가 되었음.
37세 때 강소성(江蘇省) 구용현(句容縣) 구곡산(句曲山)에 은거해 상청파 교단의 확립
에 힘썼음. 상청경전의 진본을 수집해 『진고(眞誥)』와 『등진은결(登眞隱訣)』 등 교리서
를 편찬했음. 또한 『본초경집주(本草經集注)』를 비롯한 의약학서와 과학적 이론이 뒷받
침된 새로운 도교 교리의 완성을 지향했음. 제양혁명(齊梁革命) 때 ‘양(梁)’이라는 국호
를 지어 바쳐 무제(武帝)의 두터운 신임을 얻었고, 국가에 대사(大事)가 있을 때마다 임
금의 자문에 응해 ‘산중재상(山中宰相)’이라 불렸음.
65 근죽(箽竹): 왕대. 잎은 기침하면서 기운이 치미는 것을 멈추게 하고, 번열(煩熱)을
없애며, 소갈(消渴)을 멎게 하고, 광물성 약독을 풀어줌.
66 실중죽(實中竹): 줄기의 속이 비지 않은 대나무. 실죽(實竹). 실심죽(實心竹).
67 황죽(篁竹): 배·피리 등의 재료로 쓰는 질이 단단한 대나무의 한 종류.
68 소송(蘇頌): 자는 자용(子容). 중국 송(宋) 인종(仁宗) 때 동안(同安) 사람. 진사와 태
상박사(太常博士)를 지냈고, 철종(哲宗) 때 승상(丞相)에 올랐으며, 위국공(魏國公)에
봉해졌음. 저서에 『도경본초(圖經本草)』 21권이 있음.

은 '양자강 남쪽 사람들은 고죽을 쓰지만, 태워 즙을 짜는 데는 오직 담죽을 첫째 등급으로 쓴다.'고 했습니다. 이로 말미암아 살펴보면, 고죽도 반드시 약으로 쓰지 못하는 것은 아니고, 담죽은 가장 좋은 것입니다. 여러 대가(大家)와 『본초강목(本草綱目)』에서 모두 담죽을 귀하게 여겼으니, 그대의 설명이 진실로 마땅할 것입니다. 참으로 감사드립니다."

물음: "그다지 오래지 않은 옛날에 비록 베풀어진 깨달음을 받았다 하더라도, 만난 사람이 없어 어리석은 생각은 오히려 남아있습니다. 여기 두 종은 실제 담죽과 고죽이 아닙니까?"

대답: "대죽 종류입니다."

물음: "즙을 얻는데 이것을 쓰면, 또한 해롭지 않습니까?"

대답: "대죽(大竹)이 좋지만, 이 대도 쓸 수 있을 따름입니다."

물음: "이것이 면죽 아닙니까?" 낙양(洛陽)[69]에서 종조(粽篠)[70]라고 쓰는 것을 보여주었다.

대답: "맞습니다."

물음: "청염(青鹽)[71]은 진짜와 가짜를 무엇으로 구별합니까? 그대 나

---

69 낙양(洛陽): 하남성(河南省)에 있는 지명. 동주(東周)·후한(後漢)·서진(西晉)·후위(後魏)·수(隋)·오대(五代)의 수도였음.

70 종조(粽篠):

71 청염(青鹽); 소금의 한 가지. 서남·서북 지방의 염정(鹽井)과 염지(鹽池)에서 나며 색

라에서도 납니까?"

대답: "청염은 우리나라에 없지만 본 적이 있습니다. 만약 이미 여러
번 그 물건을 보았다면 구별하는데 무엇이 어렵겠습니까?"

물음: "이번 행차에 주머니에 넣어 지니고 오신 것이 있습니까?"

대답: "행차 중에는 단지 구급약(救急藥)이 귀하기 때문에 그것은 없
습니다. 이곳은 안과약(眼科藥)으로 그것을 많이 쓴다 하니, 반드시
좋은 품질의 청염이 있겠지요."

물음: "이것이 우리나라 약 가게에서 파는 청염입니다. 진짜인지 가
짜인지 모르겠습니다."

대답: "진짜인지 가짜인지는 비록 알 수 없지만, 중국에서 두루 쓰는
것은 아닙니다. 청염은 그 색깔이 람(藍)⁷²과 같고 매우 선명합니다."

물음: "두(蠹)⁷³를 없애는데 운(芸)⁷⁴을 쓴다 하니, 그대 나라에도 있습
니까? 그 모양은 어떠합니까?"

대답: "운향(芸香)이란 것은 두시(杜詩)⁷⁵ 주(註)에 '창포근(菖蒲根)⁷⁶을

깔이 푸름.

72 람(藍): 쪽. 마디풀과의 일년초.

73 두(蠹): 좀. 좀벌레. 좀과의 곤충.

74 운(芸): 운향(芸香). 운초(芸草). 향초 이름. 운향과의 다년초.

75 두시(杜詩): 중국 당(唐)대 시인 두보(杜甫)의 시.

76 창포근(菖蒲根): '창포'는 천남성과의 다년초로 향기가 있으며, 줄기와 뿌리는 민간에
　서 기침·거담·두통·해열· 구토·설사약으로 사용함. 생약인 '창포근'은 뿌리줄기를 말린

볕을 쬐어 말린 가루'라고 한 것입니다. 포(蒲)[77]란 것은 수창포(水菖蒲)[78]입니다."

이때 학사(學士) 성취허(成翠虛)[79]도 앉아 있었는데, 글로 쓰기를 "보여주신 식물은 우리나라 조정(朝廷)과 사대부(士大夫) 집에서 때때로 책 사이에 넣어 씁니다."라 했다.

물음: "수창포(水菖蒲)에는 크거나 작은 두 종류가 있는데, 어떤 식물이 맞는지 모르십니까? 자세히 듣기를 원합니다."

대답: "크고 향기 나는 것이 맞습니다."이때 정원(庭園)에 심어 기르는 작은 잎의 창포(菖蒲)를 가리켜보이고, 동리(東里)가 줄기를 꺾어 냄새를 맡더니 머리를 흔들었다.

물음: "우리나라 석창포(石菖蒲)[80]는 이것입니다."또 머리를 흔들었다.

대답: "석창포란 것은 그 잎 모양이 둥글고, 풍(楓)[81] 잎과 비슷하면서 크며, 어린아이 손바닥과 같습니다. 이것은 수창포의 종류이니, 차이는 작지만 냄새가 다르고, 잘라 봐도 석창포는 아닙니다."

물음: "운(芸)은 아닙니까?"낙양(洛陽) 풍속에 단오(端午)날 처마에 끼워두는

것. 그 외에도 생즙을 내거나 달여서 귀의 염증이나 피부염에 사용하기도 함.

77 포(蒲): 창포(菖蒲). 또는 부들과의 다년초인 부들.

78 수창포(水菖蒲): 붓꽃. 계손(溪蓀).

79 성취허(成翠虛): 1682년 통신사 제술관(製述官) 성완(成琬). '취허'는 그의 호.

80 석창포(石菖蒲): 창포과의 상록 다년초. 관상용으로 심으며, 뿌리는 청량건위제(淸凉健胃劑)로 씀.

81 풍(楓): 단풍나무. 단풍과의 낙엽 교목(喬木).

창포를 보여주었다.

대답: "수창포입니다."

물음. 정동리(鄭東里): "이곳에 우리나라 사람이 지은『의림촬요(醫林撮要)』[82]가 있습니까? 없습니까?"

대답. 야나기 진택(柳震澤): "일찍이 그 이름은 들었지만, 그 책을 보지는 못했습니다. 대체로 그대 나라 책 중 우리나라에 있는 것이 얼마인지 모르겠으나, 저 또한 황보(皇甫)[83] 같은 버릇이 있어 널리 구하고 두루 찾은 책들을 조사했었습니다.『의림촬요』같은 것은 매우 작은 책이라 우리 유학자들의 급히 힘쓸 일이 아니며, 이 때문에 찾아보기를 서두르지 못했을 뿐입니다."

물음. 정동리: "그대는 의술에 종사하지 않는데, 어째서 대의 종류를 묻습니까?"

대답. 야나기 진택: "진(晉)의 대개지(戴凱之)[84]가『죽보(竹譜)』를 지었

---

82 『의림촬요(醫林撮要)』: 조선 중기 의관 양예수(楊禮壽)가 편찬한 의학서.『동의보감(東醫寶鑑)』의 인용서목에는 정경선(鄭敬先)이 편찬하고 양예수가 교정해 8권이 편찬된 것으로 기록되어 있는데, 그 책은 유실되었음. 13권으로 편찬·출판된『의림촬요』의 목록은 제1권 유명 의사 226명의 치료활동과 그들의 책 소개 및 중풍·상한에 관한 내용, 제2-10권 내과·외과·안과·이비인후과의 병증, 제11-13권 산부인과·소아과의 병증에 대한 원인·증상·치료법·처방 등으로 되어 있음. 이 책에는 총 67문에 121개의 병증이 서술되어 있음. 13권 13책.

83 황보(皇甫): 황보밀(皇甫謐, 215-282). 진(晉)의 학자. 자는 사안(士安). 호는 현안선생(玄晏先生). 농사를 지으며 학문에 힘써 전적(典籍)에 두루 통달했음. 저서에『고사전(高士傳)』,『열녀전(列女傳)』,『제왕세기(帝王世紀)』,『갑을경(甲乙經)』,『침경(鍼經)』등 다수가 있음.

는데, 합계 61종(種)입니다. 그는 비록 오로지 의술에만 종사한 사람
은 아니었지만, 대에 쉬지 않고 힘씀이 이와 같았으며, 후세 학자들
이 또 다시 그를 위해 보태고 꾸며서 대씨가 품별하지 못한 것도
밝혔으니, 하필 의사(醫士)만 홀로 대를 논하겠습니까? 이른바 '날짐
승·들짐승·풀·나무의 이름을 많이 안다.'는 것이니, 모두 학자의
일입니다. 비록 그러하더라도 지금 묻는 것 중에는 다른 사람들이
저에게 부탁했던 것도 있어 치의(致意)[85]하는 것입니다. 다시 의심하
지 마십시오."

물음. 야나기 진택: "심괄(沈括)[86]의 『몽계필담(夢溪筆談)』에 '두(蠹)를
없애는데 운(芸)을 쓰니, 지금의 칠리향(七里香)[87]인데, 잎은 완두(豌
豆)[88]와 비슷하고 무더기로 더부룩하게 나며, 가을철에 잎이 조금 희
어지는데 마치 흰 가루로 더럽힌 것 같다.'고 했습니다. 이 설명에
따른다면, 그대가 이른바 수창포(水菖蒲)라는 것은 틀림없이 한 가지
식물이 아닙니다. 이동벽(李東璧)[89]도 '산반(山礬)[90]에는 칠리(七里)·

---

84 대개지(戴凱之): 진(晉)의 무창(武昌) 사람. 자는 경예(慶預). 저서에 『죽보(竹譜)』가
   있음.
85 치의(致意): 자기 의사를 남에게 전해 알림. 도리를 설명해 변화를 알아 적응하게 함.
86 심괄(沈括, 1030-1094): 송(宋)의 전당(錢塘) 사람. 자는 존중(存中). 저서에 『몽계필
   담(夢溪筆談)』, 『장흥집(長興集)』 등이 있음. 『몽계필담』은 고사(故事)·변증(辨證)·악
   률(樂律)·인사(人事)·관정(官政) 등 17부문으로 분류해 당시의 과학 기술·역사 고고학·문
   학 예술 등 다방면에 걸친 연구 성과를 기록하였음. 26권.
87 칠리향(七里香): 산반(山礬).
88 완두(豌豆): 콩과의 1-2년생 만초(蔓草). 또는 그 열매.
89 이동벽(李東璧): 중국 명(明)대 의학자 이시진(李時珍, 1518-1593). '동벽'은 그의 호.

정(桱)·자(柘)·창(場)·춘계(春桂) 등 여러 이름이 있다.'고 했습니다. 제가 일찍이 호응린(胡應麟)[91]의 『소실산방필총(少室山房筆叢)』을 살펴보았는데, '산반이란 것은 창화(場花)[92]이니, 봄에 꽃이 피며 높고 곧은데, 이름을 바꾼 것이다. 치자(梔子)[93]란 것은 여름에 꽃이 피는데 꽃잎 6개가 나오니 담복(簷蔔)[94]이다.'라고 말했습니다. 방밀지(方密之)[95] 또한 '산반은 세상 사람들이 정화(桱花)라 부르니, 나무 높이는 몇 자되고, 시들지 않고 겨울을 견디며, 꽃이 흰데 피지 않았을 때는 목서(木犀)[96]와 비슷하고, 피었을 때는 향기가 짙어 칠리향이라 부르며, 여러 겹으로 포개진 꽃잎이 있는 것이다.'라 했습니다. 제가 여기 우리나라의 치자를 조사해보건대, 꽃에 안팎이 다른 것들이 있으니 억지로 이름 부르기 어렵습니다. 경화(瓊花)[97]·옥예(玉蕊)[98]·

---

90 산반(山礬): 들에 자라는 상록(常綠) 관목(灌木). 열매는 황색 염료로 쓰고, 잎은 갈증을 멎게 하고 벼룩이나 좀을 죽이며 오래된 이질(痢疾) 등에 씀.

91 호응린(胡應麟): 중국 명(明)대 난계(蘭溪) 사람. 자는 원서(元瑞). 뒤에 명서(明瑞)로 바꿈. 시 짓기에 능하고 산속에 살며 저술에 전념함. 저서에 『소실산방필총(少室山房筆叢)』, 『시수(詩藪)』, 『유고(類稿)』 등이 있음.

92 창화(場花): 산반(山礬).

93 치자(梔子): 치자나무. 상록 활엽 관목. 꽃은 향기가 매우 좋으며, 열매는 염료나 약재로 씀. 또는 치자나무의 꽃.

94 담복(簷蔔): 치자나무의 꽃. 빛이 희고 강렬한 향기가 있음.

95 방밀지(方密之): 방이지(方以智, 1611-1671). '밀지'는 그의 자. 호는 만공(曼公). 중국 명말청초(明末淸初)의 사상가·과학자. 안휘성(安徽省) 동성현(桐城縣) 사람. 젊어서 '복사(復社)' 활동에 참가했으며, 명말4공자의 한 사람. 숭정(崇禎) 연간에 진사시험에 합격해 한림원(翰林院) 검토(檢討)를 지냈음. 명 멸망 후 남쪽의 오령(五嶺)으로 가서 이름을 바꾸고 승려가 되었음. 학문영역이 매우 넓어 천문·역학(曆學)·산학(算學)·지리·역사·물리·생물·의약·문학·음운 등을 연구했음. 저서에 『물리소지(物理小識)』 등이 있음.

96 목서(木犀): 물푸레나무과의 계화(桂花)나무. 또는 그 나무의 꽃.

산반(山礬) · 치자(梔子) 4가지 식물의 차이는 예나 지금이나 진신(縉紳)[99]의 논의가 뒤섞여 어지러워 매우 마땅한 설명을 보지 못했고, 모르겠습니다. 그대는 일찍이 조사해 밝힌 것이 있습니까? 한쪽에서는 '운초(芸草)는 칠리향이다.'라 말하는데, 산곡(山谷)[100]은 '산반이 풍교향(楓膠香)[101]은 아니다.'라 말했습니다. 저는 이 때문에 더욱 헷갈립니다. 감히 어떠한가를 묻습니다."

대답. 정동리(鄭東里): "대체로 사물에는 분별하기 어려운 것들이 매우 많아서 본래 속속들이 이해하려고 하지 않았기 때문에 경화(瓊花) · 옥예(玉蕊) · 산반(山礬)은 일찍이 조사해 내지는 못했지만, 치자(梔子)에 이르면 당시 약으로 썼던 것이니 그것을 분별 못하겠습니까? 『본초강목』에 '누런 물들이는 치자는 약으로 쓸 수 없다.'고 했는데, 대개 산치(山梔)[102]는 6개 모서리가 있으면서 작고, 색을 물들이는

97　경화(瓊花): 자양화(紫陽花)와 비슷함. 꽃잎은 동그랗고 윤기가 나며 두꺼운데 옅은 노란색이며 열매를 맺지 않음. 송(宋)대 이후, 그 모양이 술 마시며 시 짓기를 즐긴 신선(神仙) 8명이 모여 있는 것과 같다 하여 팔선화(八仙花)라 부름.

98　옥예(玉蕊): 옥예화(玉蕊花). 경화(瓊花).

99　진신(縉紳): 홀(笏)을 신(紳)에 꽂음. 사대부(士大夫)를 이름. '신'은 벼슬아치가 예복에 갖춰 맨 큰 띠.

100　산곡(山谷): 황정견(黃庭堅, 1045-1105)의 호. 중국 송(宋)의 분녕(分寧) 사람. 자는 노직(魯直). 호는 산곡도인(山谷道人). 부옹(涪翁). 강서시파(江西詩派)의 조(祖). 처음에는 소식(蘇軾)의 문하에서 진관(秦觀)·장뢰(張耒)·조보지(晁補之) 등과 함께 소문사학사(蘇門四學士)로 일컬어졌는데, 만년에 명성이 높아져 스승과 함께 소황(蘇黃)으로 병칭됨. 해서(楷書)를 특히 잘 썼음.

101　풍교향(楓膠香): 풍향지(楓香脂). 단풍나무에서 분비하는 액체. 향기가 있고 약재로 쓰임. 풍교(楓膠). 풍지(楓脂).

102　산치(山梔): 산치자(山梔子). 산치자나무의 열매. 지혈제·해열제·이뇨제로 씀.

것은 5개 모서리가 있으면서 큽니다. 따라서 우리나라에도 치자가 있지만, 모두 이처럼 물들이는 치자라서 약으로 쓰려고 그것을 구하지 않습니다. 중국에서도 그렇게 쓸 것입니다.”

물음. 야나기 진택(柳震澤): “호응린(胡應麟)이 또 ‘치자는 꽃을 가지고 누런 물들이고, 산반은 잎을 가지고 누런 물들인다.’고 했는데, 이것은 과연 무슨 설명입니까? 대개 기후와 땅이 멀리 떨어져 있어 예나 지금이나 다름이 마땅할 뿐입니다.”

전서경(前西京) 정동리필어(鄭東里筆語)

○ **아룀.** 진택

"큰 바다로 멀리 떨어진 조선(朝鮮)부터 계속해서 이곳까지 매우 머나먼 길이었고, 혹독한 더위가 사람을 괴롭혔기에 가승(佳勝)[103]께 안부를 묻습니다. 여기 도읍에 이르셨으니 기쁨의 지극함을 이기지 못하겠습니다."

○ **대답.** 동리

"큰 바람과 물결을 헤치고 일본에 다다를 수 있었는데, 다행히 아름다운 몸가짐으로 대접해주시니 줄곧 큰 위로가 됩니다. 발섭(跋涉)[104]의 수고로움이 어떻게 말씀보다 충분하겠습니까?"

○ **아룀.** 진택

"씩씩한 기상(氣象)이 종각(宗慤)[105]을 불쌍히 여기는 듯하니, 그대는

---

103 가승(佳勝): 명성과 지위가 높은 사람.
104 발섭(跋涉): 산을 넘고 물을 건넘. 여행길이 힘들고 어려움의 형용. 발리(跋履).

진실로 평범하지 않고, 맞설 바가 없다고 생각합니다. 큰 뜻을 품고 멀리 유람하신 머나먼 길에 아름다운 시편(詩篇)은 있었는지 없었는지 모르겠습니다. 만일 자세히 보도록 허락하신다면, 평소 품었던 마음을 이루겠습니다."

○ 또 아룀

"재주 없는 저는 현호(懸弧)[106]로부터 지금까지 몹시 허약하고 비틀거려 몸소 저고리조차 이기지 못했습니다. 그러나 해로움이 크게 지나치지 않는 것 같았는데, 20세에 이르러서는 질병이 서로 침범해 삶이 위태로운 지경에 이르렀습니다. 몸을 잘 아끼고 보살펴 건강을 유지해서 점차 옛 모습을 회복했지만, 요즈음 산(疝)[107]·적(積)[108]의 근심을 우연히 만났고, 일어났다 가라앉았다 병이 낫지 않으며, 지금까지도 낫지를 않습니다. 이 달 초에 갑자기 찌는 듯한 무더위를 느꼈고, 가슴과 배에 통증을

---

105 종각(宗慤): 중국 남조(南朝)시대 송(宋)나라의 장군. 원대한 지향과 진취적 기상을 지녔던 사람의 대명사. 어렸을 때, 숙부인 종병(宗炳)이 그의 뜻을 묻자, "저는 큰 바람을 타고, 1만 리의 큰 파도를 깨뜨리고 싶습니다. (願乘長風, 破萬里浪)"라 대답했다는 고사 (故事)가 『송서(宋書)』「종각전(宗慤傳)」에 전함.

106 현호(懸弧): 아들을 낳음. 고대에 아들을 낳으면 활을 문의 왼편에 걸어놓았던 데서 연유함.

107 산(疝): 산증(疝症). 일반적으로 체강(體腔)의 내용물이 밖으로 돌출되는 병증. 대개 기(氣)의 장애로 인한 통증을 수반하므로 '산기(疝氣)'·'소장기(小腸氣)'·'소장기통(小腸氣痛)'·'반장기(盤腸氣)'라고도 함.

108 적(積): 적취(積聚)의 일종. 뱃속에 생긴 덩이인데, 일정한 형태를 가지고 고정된 위치에 있으며, 아픈 부위도 이동되는 일 없이 고착되어 있는 병증.

따라 침약(鍼藥)의 방법으로 치료해서 비록 점차 병세가 좋아지는 효험을 얻었지만, 기우(氣宇)[109]는 고르지 못하고, 자고 먹는 일은 거의 줄어들었습니다. 여위고 파리하기가 마치 이처럼 닭 뼈와 같고, 겨우 상(床)만 두드립니다. 그 병의 증상은 별폭(別幅)[110]에 쓴 것과 꼭 같습니다. 옛날의 좋은 의원(醫員)이란 사람들은 남을 구제하고 다른 사람에게 은혜를 베풀어 마음을 위했습니다. 그러므로 비록 길에서 급작스러운 때도 오히려 진단(診斷)해 치료함을 산뜻하게 했습니다. 하물며 재주 없는 저도 경개(傾蓋)[111]하여 오래되고 욕된 부탁이 매우 두터운 것 같지만, 정성스럽고 간절한 바람을 돕지 않으시겠습니까? 다시 바라는 것은, 어진 사람이라면 차마 저를 버리지 않을 것이고, 감히 상지(上池)[112]의 영방(靈方)[113]과 같을 것이니, 어찌 근심이 풀림을 이기겠습니까?"

○ 대답. 동리

"재능과 기술이 오졸(迂拙)[114]해 비록 죽은 이를 일으키는 처방은 없

---

109 기우(氣宇): 기개(氣槪). 기안(氣岸). 씩씩한 기상과 꿋꿋한 의지.
110 별폭(別幅): 통신사가 지녔던 것. 여기에는 일본 측 관계자에게 예물로 보내는 선물의 종류와 수량 등을 기재했음.
111 경개(傾蓋): 수레의 일산(日傘)을 마주 댐. 길에서 우연히 만나 수레를 가까이 대고 이야기 나눔을 이르는 말. 또는 처음만나거나 우의를 맺음을 이름.
112 상지(上池): 장상군(長桑君)이 편작(扁鵲)에게 주어서 마시게 한 물. 참대 울타리 위 끝의 구멍에 고였던 물. 이 물은 하늘에서 내려와 땅의 더럽고 흐린 것이 섞이지 않은 깨끗한 물이고, 늙지 않게 하는 좋은 약을 만들 때 쓸 수 있음.
113 영방(靈方): 특효가 있는 처방전.
114 오졸(迂拙): 오활(迂闊)하고 졸렬(拙劣)함.

더라도, 맥을 짚고 약을 씀은 진실로 병을 치료하는 사람이 마땅히 해야 할 일임에 틀림없습니다. 감히 많이 말하지 못하고 글도 뜻에 미치지 못하는데, 베낄만한 글이 있겠습니까?

그대의 맥을 짚어보고 병에 대해 들어보니, 맥상(脈象)[115]과 병증상이 서로 어긋나지 않고, 비록 약간의 괴로움이 있더라도 걱정하기에는 부족합니다. 다만 산기(疝氣)[116]와 괴증(塊症)[117]은 틀림없이 근원이 같은 증세로 비슷한데, 대개 찬 기운과 적취(積聚)[118]가 만든 것입니다. 여름을 만나면 병세가 무겁고, 겨울을 만나면 그치는 것은 과연 이른바 '음양(陰陽)이 속에 있다.'는 설명과 같으니, 돌보는 방법 또한 한열(寒熱)[119]을 따라 삼가지 않기 때문입니다. 대체로 몸과 정신이 기름지고 허약하며, 맥도(脈度)[120] 또한 매우 작고 약하니, 준보(峻補)[121]의 약을 먹지 않을

---

115 맥상(脈象): 맥이 뛰는 상태.

116 산기(疝氣): 산증(疝症).

117 괴증(塊症): 징가(癥瘕). 뱃속에 덩어리가 있거나 혹은 배가 더부룩하게 불러오거나 혹은 아픈 병증. '징'은 덩어리가 움직이지 않는 것이고, '가'는 움직이는 것임.

118 적취(積聚): 뱃속에 덩이가 생겨 아픈 병증. 정기가 허할 때 외감·음식·7정·타박 등으로 기·혈·담이 몰려서 생김. 덩이가 일정한 형태를 갖고 굳으며 손으로 만져지면 '적'이고, 일정한 형태 없이 손으로 만져지지 않고 스스로 다른 곳으로 이동하거나 없어지는 것은 '취'임.

119 한열(寒熱): 8강에서 질병의 성질을 갈라놓는 한증(寒症)과 열증(熱症). 음양이 치우쳐 성하거나 약해져서 생기는데, 양이 치우쳐 성하면 열증이 생기고, 음이 치우쳐 성하면 한증이 생김.

120 맥도(脈度): 맥상(脈象)을 가려보는 것. 맥상의 대소(大小), 부침(浮沈), 활삽(滑澁) 등을 가려보는 것.

121 준보(峻補): 보법(補法)의 일종. 몹시 허한 병증을 작용이 센 보약으로 치료하는 방법. 기혈음양이 허탈되어 병이 위급할 때는 빨리 준보해야 함.

수 없습니다. 『의학정전(醫學正傳)』「해소문(咳嗽門)」의 경옥고(瓊玉膏)[122] 몇 첩을 잇달아 먹음이 어떠할지 모르겠습니다."

○ **아룀.** 진택

"기묘한 약과 같은 많은 보살핌을 지나치게 받아서 약 숟가락을 움직이지 않고도 갑자기 두루 몸의 상쾌함을 깨닫겠습니다. 거울에 비친 이수(二竪)[123]는 장차 매우 두려워하며 도망가 피할 것입니다. 만일 가르침을 지킨다면 안정되고 병이 낫게 됨을 얻을 것이니, 허고(嘘枯)[124]하고 육골(肉骨)[125]한 것입니다. 귤정(橘井)[126]이 넉넉히 적시니 어찌 함결(衘結)[127]을 감당할까요!"

---

122 경옥고(瓊玉膏): 약재는 생지황, 인삼, 흰솔풍령, 꿀. 정(精)과 수(髓)를 늘려주고, 기혈을 보해 늙는 것을 막고 몸을 든든하게 하며, 허로로 머리카락이 일찍 세고 이빨이 흔들리며 쉽게 피곤해지는 데 씀. 소모성 질병 때 보약으로 쓸 수 있음.
123 이수(二竪): 질병. 병마(病魔). 진(晉) 경공(景公)이 병으로 앓아누워 있을 때, 꿈에 병마가 두 아이가 되어 고황(膏肓) 사이에 숨었다는 고사에서 생긴 말.
124 허고(嘘枯): 고사(枯死)한 것에 입김을 불어 살림. 위험한 처지에서 구해준 은혜를 이름.
125 육골(肉骨): 뼈에 새살이 돋음. 깊은 은혜를 입음의 비유.
126 귤정(橘井): 효력이 있는 좋은 약. 진(晉) 소선공(蘇仙公)이 신선이 되어 떠나면서, 다음 해에 역질(疫疾)이 있을 것이니 귤나무 잎과 우물물로 사람들을 치료하라고 하였는데, 그 말대로 해서 많은 사람들을 구했다는 고사.
127 함결(衘結): 함환(衘環)과 결초(結草). 은혜갚음을 이르는 말. '함환'은 백환(白環)을 입에 묾. 후한(後漢)의 양보(楊寶)가 상처 입은 참새를 치료해 놓아 주었더니, 어느 날 황의동자(黃衣童子)가 백환 4개를 입에 물고 와서 보답했다는 고사. '결초'는 결초보은(結草報恩).

동도필어(東都筆語)

야나기 진택(柳震澤)과 정사 동산(東山) 윤지완(尹趾完) 및 창랑(滄浪) 홍세태(洪世泰), 취허(翠虛) 성완(成琬), 붕명(鵬溟) 이담령(李聃齡) 등이 나눈 대화 및 시.

이하의 필어(筆語)는 여러 사람이 함께 자리한 까닭에 차례가 가지런하지 못하다.

○ **아룀.** 진택(震澤)

오시는 길에 탈 없이 사신의 일행이 이곳에 이르시니 기뻐함을 어찌 다하겠습니까. 의리상 동정(動定)을 잘 살펴야 마땅하나, 저 또한 공무를 수행하느라 겨를이 없었습니다. 속세의 굴레가 헝클어져 보응(報應)이 서로 어긋나나, 밝으신 풍도(風度)는 늘 눈앞에 어른거립니다. 공 또한 제가 늦어진 사정을 받아주시겠지요. 성글고 게으른 허물을 글로 쓸 수 없습니다.

○ **답.** 취허(翠虛)

더운 날의 여정에 탈을 면하고 다행히 이곳에 이른 것은 지극한 돌보심을 입은 것이라 알고 있습니다. 지난 날 큰 글씨를 부탁 받았으나, 노염(老炎)이 따라붙어 받들지 못했으니, 이후로 글을 지으려 계획하고 있습니다.

○ **아룀.** 진택

이 달 12일에 여로가 원주(遠州)의 하마마쓰(濱松)를 지났습니다. 여관에서 뒤척이며 잠들지 못하고 있는데, 마침 공의 일이 떠올라 두세 사람을 불러 여러 번 서경(西京)에서의 성대했던 모임을 이야기 나누었습니다. 쓸쓸히 문을 열고 하늘 한 쪽을 바라보니, 은하수가 산위에 비껴 있고 지는 달이 다락에 걸려, 이 때문에 "옥량(屋梁)에 가득하고 얼굴빛에 비춘다."는 구절을 읊어, 드디어 붓을 꺼내 한 장 써서 주인에게 부탁하기를, "다음에 모 공이 이곳을 지나거든 반드시 내가 드리는 것이라 해 달라."고 하였습니다. 밤이 반쯤 되어 말이 문에서 울고 마부가 기다리니, 이 때문에 바삐 도말(塗抹)하여, 감히 작은 재주를 부끄러워하지 않고 반문(般門)[128]에서 도끼를 놀리는 격이나, 거짓으로나마 버리지 않으신다면 도리어 부초(腐草)가 다시 살아남과 같겠습니

---

128 반문(般門) : 반(般)은 노(魯) 나라 교장(巧匠) 공수자(公輸子)의 이름이다. 매지환(梅之渙)이 이백(李白)의 묘(墓)에 쓴 시가 있는데, "이 채석강(采石江) 가의 한 무더기 흙이여, 이백의 이름이 천추에 높으도다. 오는 이 가는 이들 모두 시가 있건만 노반(魯般)의 집 앞에서 도끼를 노리를 격이야[采石江邊一堆土 李白之名高千古 來來往往皆有詩 魯般門前弄代斧]." 하였음. 즉 비교가 되지 않는다는 말.

다. 지금은 바쁘시고 공께서 이미 피로한 기색이 있으시니, 다른 날 귀한 시간을 약속해 주시면, 밤새 촛불을 밝혀 글을 나누어, 마땅히 이별한 뒤에도 두고두고 생각나게 할 따름입니다.

○ 또 아룀

제가 여러 공보다 4일 먼저 재빨리 말을 달려 역정(驛程)을 더 하니, 곤비(困憊)한 수고에 겨우 몸을 보전하였는데, 이 도시에 이르러 이에 다행히 면하였습니다. 숙소를 지나며 명산대천(名山大川)과 고적(古蹟)이며 아름다운 풍광을 찾는 곳마다 장쾌한 유람의 아름다움을 감상하며 시로 지을 수 없었으니, 가마꾼과 마부가 힐끗 보며 지나온 것과 무엇이 다르겠습니까. 공께서 역로(歷路)에 지은 시편은 금랑(錦囊)에 가득 찼으리니, 두루 보게 하여 하나는 공의 높은 솜씨를 본받게 하고, 하나는 저의 유감(遺憾)을 없애겠습니다.

○ 답. 반곡(盤谷)

저 또한 오래된 병이 있어 요즈음 더욱 심해졌으니, 눈에 시재(詩材)가 가득하나, 끝내 한 수도 읊지 못하였습니다.

○ 아룀. 진택

저도 견여(肩輿)를 타고 오면서 시흥이 떠올라 약간 수를 지었습니다. 다른 날 가지고 오겠으니, 저의 시를 두터이 좋아해주시더라도, 감히 화답시를 바라지는 않습니다.

○ **답.** 반곡

지난번에 제 시 9수를 차운하여 보내드렸는데, 받아보셨는지요?

진택 : 아직 보질 못했습니다. 누구를 통해 전하셨는지 잘 모르겠습니다.

반곡 : 신재(愼齋)에게 부탁하여 보냈습니다. 아직 전하지 않았다 하니, 그대가 추정(推呈)을 기다리시면 어떻겠습니까?

진택 : 지난 날 신재(愼齋)를 방문했을 때, 삼사(三使)의 앞에 있어서 만날 수 없었습니다. 다른 날, 마땅히 제가 편지를 보내 탐토(探討)하겠습니다. 신재는 직무에 매달려 물러나 식사할 겨를도 없는데, 어찌 차마 사사로운 정이나마 거기에 뜻을 두지 않겠습니까.

반곡 : 잘 알았습니다. 어제 노 학산(野鶴山)과 만나서, 말씀이 그대에게 미치니, 학산은 공과 서로 가깝다고 하였는데, 그렇습니까? 그대는 이곳에서 매우 강근(强近)한 집안이 아닙니까? 지금은 어디에 계시나요?

진택 : 정성스레 마음 써주시니, 진실로 군자가 사람을 아끼는 돈독함에 족합니다. 저는 어려서 호시(怙恃)[129]를 여의고, 본디 형제도 없이 형영(形影)을 서로 가여워하며, 이 곳 저 곳으로 떠돌아 거의 머물

곳이 없었으니, 세상의 한 썩은 선비요, 나라와 집을 떠나 떠가는 흰 구름이나 바라보는 한스러움을 면할 수 없습니다. 지금은 스승의 공부방에 우거하고 있사온데, 여기서부터 2~3리 쯤 됩니다. 오늘 아침 창랑 공을 뵈었더니, 공 또한 말씀하시길, 지난 날 학산을 만났더니, 저의 글 짓는 일에 (말씀이) 미쳤다고 합니다. 아, 토규(兎葵)와 연맥(燕麥)[130]으로 어찌 기자(杞梓)와 예장(豫章)[131]의 곁을 족히 더 하겠습니까. 아니면 이로써 제가 분연히 갈고 닦아 여기에 이르기를 바라시는 것이겠지요. 다만 두렵기는, 사람들이 여러 공께 지나치게 실언을 일삼지 않을까 하니, 감당할 수 없습니다.

진택 : 저는 이번 행차에 신사(信使)를 피하고자 하여, 하루에 이틀 길을 가느라, 별을 지고 나가서 별을 지고 돌아오니, 비바람 폭풍우를 감히 싫어하지 못하고 간험(艱險)을 다소 맛보았습니다. 이미 이곳에 이르러, 바쁜데도 아침 저녁으로 왕래하며 응수(應酬)하느라, 편히 자리에 앉을 겨를이 없습니다. 게다가 물이 맞지 않아 문득 이질(痢疾)에 걸려 고통이 더욱 심하고, 하루 이틀 비록 겨우 쾌험을 얻었으나 이처럼 수척해지니, 정신이 더욱 쇠하였습니다. 이런 까닭

---

129 호시(怙恃) : 부모를 가리킴. 《시경》 소아(小雅) 육아(蓼莪)에 "아버지 아니시면 누구를 의지하며, 어머니 아니시면 누굴 믿을까.[無父何怙 無母何恃]"라는 말이 나옴.

130 토규(兎葵)와 연맥(燕麥) : 야초(野草)와 야맥(野麥)으로, 가슴 아픈 황량한 정경을 말할 때 쓰는 표현. 당(唐) 나라 유우석(劉禹錫)의 '재유현도관절구(再遊玄都觀絶句)' 해설에 "지금 14년 만에 다시 현도(玄都)를 거닐어 보니, 옛날 도사가 심었다는 선도(仙桃) 나무는 한 그루도 남아 있지 않고, 오직 토규와 연맥만이 봄바람에 흔들리고 있을 따름이었다."라는 구절에서 비롯된 것임.

131 기자(杞梓)와 예장(豫章) : 좋은 나무. 큰 인재를 일컬음.

에 마음과는 어긋나게 문안드리지 못하였습니다. 9월 9일 전후에 서경(西京)으로 돌아가리니, 한번 뵙고 이별의 말씀이라도 나누고자 하여 급히 여기에 이르렀습니다. 감히 안부를 묻습니다.

취허(翠虛) : 공의 모습을 보니 초췌하여 아마도 병마에 고생이 심한 듯합니다. 이에 앞서 보여주신 것을 받들고, 비로소 공의 병이 괴롭다 함을 알았으니, 지극한 경탄(驚歎)을 이기지 못하겠습니다. 마침 서경으로 돌아가실 날이 가깝다고 들었으나, 이렇게 와서 전별하러 방문하시니, 실로 깊이 깊이 감사드립니다.

진택 : 성현의 말씀은 대개 그만 둘 수 없습니다. 마음속에 채워두어 몸으로 행동하고, 이치는 자명하고 사리는 스스로 따라오니, 말이 되고 문장이 되는 것은 한 글자 반 구절이라도 모두 도리에 마땅하지 않음이 없습니다. 그러므로 말은 적어도 요점은 충분하고, 이치에 밝아 글에 도달합니다. 저 보통 사람은 한갓 고한(觚翰)의 끝만을 섬기며 따라서, 새기고 꾸미는 것이 일찍이 샘의 근원과 나무의 뿌리를 알지 못합니다. 그래서 그 말은 백 천만 마디라도 그 요점을 구하면 거의 없습니다. 한문공(韓文公)이 팔대(八代)가 쇠락한 데서 일어나 한 시대의 문호로 일컬어지니, 본 바가 매우 높고, 도리어 도학(倒學)을 끝내고 인학(因學)에 들어갔다는 평을 받은 것과 같습니다. 저 같은 이는 변변찮고 용렬하여, 마음은 너무 어둡고 몸은 아직 닦아지지 않아서, 사리가 꽉 막혀 취재(取裁)할 바 없으니, 말이 나와 문장을 만들어도 어찌 볼만 한 것이 있겠습니까. 감히 어찌 해야 할 지 가르쳐 주시길 부탁드립니다. 또 묻노니, 당송팔대가(唐宋八大家)에 고금

(古今)의 평박(評駁)이 각자 서로 (달리) 가지고 있는데, 공께서는 굉장한 재주와 많은 공부로, 눈은 일세에 드높아 천고의 시비를 가리기에 족하니, 공의 취사(取舍)를 들려주시기 바랍니다.

취허 : 보여주신 뜻은 실로 말세에 들어보지 못한 바입니다. 이제 절차(切磋)하신 논의를 받들고, 감히 관견(管見)을 모두 말씀드리지 않으리오. 제가 본디 판향(瓣香)[132]하며 경복(敬服)하는 것은, 당(唐)에서 한유(韓愈)와 유종원(柳宗元)이며, 송(宋)에서 구양수(歐陽脩)와 소식(蘇軾)이니, 팔가(八家) 가운데 왕안석(王安石)의 문장은 비록 정각(精刻)에 비슷하나 정대함에는 어둡고, 증공(曾鞏)의 문장은 화려해서 저는 평소 크게 좋아하지 않습니다. 소순(蘇洵)에 이르러서는 두루 웅혼(雄渾)함을 숭상하고, 소철(蘇轍)의 합체(合體)가 화수(和粹)하니, 비록 천변만화(千變萬化)의 기운이 없다 할지라도 또한 구양수와 소식의 다음입니다.

진택 : 문장에서 육경(六經)은 받들기를 그만 둘 수 없습니다. 진한(秦漢) 이후, 세상에 글 짓는 이가 나와, 이를 배운 사람이 혹 일가를 이루고 혹 제가를 이루어, 그 스스로 기서(機杼)에서 나와 각각 얻은 바가 있습니다. 이식(耳食)[133]과 목론(目論)이 서로 꾸짖고, 누벽(壘壁)을 높이 쌓아 서로 아래라 하지 않습니다. 더러 홍장(鴻匠)과 석재(碩才)가 그 사이에서 나와 깃발을 꽂는다면, 천천히 기어가 머리를 숙

---

132 판향(瓣香) : 꽃잎 같은 형태로 된 향. 불교에서는 사람을 축복하거나 존경하는 뜻을 나타낼 때 피웠음.
133 이식(耳食) : 귀로 듣기만 하여 그 전체는 따지지 않고 옳다고 믿어버리는 것.

이고 절을 하며, 마침내 앞의 무리의 창을 뒤엎습니다. 이런 까닭에 한때의 변덕으로 이미 밝지 못하고, 그 뒤의 세상에서도 그치지 않습니다. 옛사람이 옛사람을 배울 때에, 문장은 《좌전》·《국어》·《사기》·《한서》요, 시는 도연명·사조·이백·두보인데, 종합하여 섞어 나와서 그 옛사람을 이루는 것이 스스로 있습니다. 오늘날의 사람이 옛사람을 배울 때에, 빼앗아 삼키고 찾아서 찢으며 으르렁대며 이를 가니, 오늘날의 사람을 이루는 것은 찾아도 있지 않고, 외람되이 단선(壇墠)¹³⁴을 다투며 단장(短長)을 잽니다. 아, 어찌 그다지 누추하며 어찌 그다지 어지러운지요. 가만히 사실을 생각하여, 지취(指趣)에 가까운 것을 집어내어 얼굴을 씻습니다. 옛말에 이르기를, 한유는 바다와 같고 소식은 물결과 같다 했으며, 또 고쳐서 말하기를, 소식은 바다와 같다 해서 후학이 뇌동(雷同)하여 그 사이 소식에게 좌단(左祖)하였습니다. 공께서는 지애(知愛)가 깊어 감연히 출처를 대고 어두움을 열었으니, 어떻게 이와 같이 되었습니까. 오직 한스럽기는 기량이 둔삽(鈍澁)하여 가르치심을 충분히 이해하지 못하였습니다.

취허 : 주 문공(朱文公)이 연평(延平) 이귀(李貴) 선생에게 배우고 평하기를, "한유는 바다와 같고, 유종원은 강과 같고, 구양수는 파도와 같고, 소동파는 물결과 같다."하였습니다. 이제 글로 써서 보여주신 것을 보니 소동파는 바다와 같다 했는데, 잘못 간행된 책을 보신 게 분명하여 안타깝습니다. 옛사람이 동파가 삼소(三蘇) 가운데 걸출한

---

134 단선(壇墠) : 단(壇)은 제단, 선(墠)은 제사 터로 모두 신을 제사 지내는 곳.

이라 하였는데, 글은 떠가는 구름과 흐르는 물과 같아, 변하는 모습이 수없이 나오는 까닭입니다.

진택 : 소동파는 바다와 같다는 것은 전혀 방각(坊刻)이 잘못되지 않았습니다. 근세의 장거세(張居世)가 동파의 글을 뽑아 《우주제일문자(宇宙第一文字)》를 지었는데, 이는 그 서문 가운데 논한 바입니다. 주자(朱子)가 일찍이 동파의 글을 평하여, "동파의 말에, 내가 이르는 글이라는 것은 반드시 도(道)와 함께 갖추는 것이라 하였으니, 이는 글은 저 스스로 글이요 도는 저 스스로 도이다. 글을 지을 때를 기다려, 가서는 개별 도를 토론하고, 와서는 이면(裏面)으로 나가고 들어가니, 이는 바로 다른 큰 병인 것이다."[135] 하였습니다. 대개 도라는 것은 글의 근본이요, 글이라는 것은 도의 지엽(枝葉)이니, 오직 도에 근본하여 글로 나타나는 것이야말로 모두 도입니다. 덕이 있고서야 반드시 말이 있다 함은 모두 가슴속에 가득 차 쏟아져 나오는 것이니, 어딘 간들 도가 아니겠습니까. 문장의 체재나 파란만장하게 변화하는 것은 두 사람이 각각 장점을 가진 바이나, 한유의 글이 규모가 크고 넓어, 마침내 소동파를 넘어갑니다.

반곡(盤谷) : 곧 《우주문망(宇宙文芒)》이라는 책이니, 곧 유초(類抄)입니다.

진택 : 《문망(文芒)》은 어떤 사람이 지었습니까?

반곡 : 제자백가(諸子百家) 가운데 문자를 유초한 것입니다.

---

135 동파의 …… 것이다 : 『주자어류』 권139.

진택 : 공께서 우리나라에 오셔서 수창(唱酬)한 사대부는 무릇 몇 사람이며, 그 사이에 더러 뛰어난 재주꾼이 있던가요?

반곡 : 쓰시마에는 고야마(小山)가 있었고, 서경(西京)에는 우리 공(公)이 있고, 에도에는 학산(鶴山)·정우(整宇)가 대가라 할 만 합니다. 그 나머지 여러 분은 영발(英發)한 이가 없지 않으나, 그 이름을 다 기억하지 못합니다.

진택 : 말씀하신 정우·학산은 재주와 학문으로 세상에 이름을 날리나, 저 같은 사람은 배나 등에 난 털이요 하늘을 나는 굳센 털이 아니어서, 있어도 더하지 않고 없어도 줄어들지 않으니, 어찌 여러 공들과 나란히 하겠습니까. 이제 공께서 두 공으로 대가라 부르시는데, 그 글을 보신 적이 있으십니까?

반곡 : 두 사람의 글은 아직 얻어 보지 못하였습니다.

진택 : 그렇다면 공께서 보신 것은 창수시(唱酬詩)입니까.

반곡 : 시로 대가라 부른 것일 뿐입니다.

진택 : 제 글은 옛것을 모방하여 부끄러운 모습이 백출(百出)하니, 스스로 그 수준이 예원(藝苑)의 곁에 두기 부족합니다. 다시 좋은 가르침을 드리워 곡진히 제지(提持)를 주셔서, 정문(頂門)의 일침(一針)을 내리소서. 아침부터 저녁까지 기울이는 마음은 이뿐일 따름입니다.

반곡 : 공의 글은 평범하고 속된 선비와 비할 바 아닙니다. 더 이상 미진함이 없으니 다시 무엇을 논하리오.

진택 : 지난번에 알려드린 바 기행시편 한 권을 이제 주변에 드려서

자못 영정(郢政)¹³⁶을 더해주시기 바라나, 적이 제게 명월주(明月珠)로 보답해 주시길 아까이 하지 않았습니다. 공께서는 기가(嗜痂)¹³⁷로 여겨 주시니, 제가 감히 고루함을 잊을 따름입니다.

반곡 : 서경(西京)에 이르면 마땅히 드리겠습니다.

진택 : 풍우에 어둡고 혼금(閽禁)이 자주 재촉하니 이에 작별하고 물러납니다. 붓대를 놀려 전하려는 말씀이 마침내 통역자의 통쾌함만 같지 못합니다. 천고(千古)의 통쾌한 일이 어찌 여기서 지나치리오.

○ **아룀.** 취허(翠虛)

저녁 무렵에 잠시 뵙고 슬픈 마음을 이기지 못하였습니다. 이제 다시 찾아주시니 깊이 깊이 감사드립니다.

○ **답.** 진택

때가 저물 무렵에 미쳐 혼리(閽吏)가 사람을 재촉하여 홀연히 돌아가야 하니 이 때문에 조용한 시간을 얻지 못합니다. 공께서 불경하다 죄주실까 두렵습니다. 공께서 우리나라에 이르러 물길 땅길 여러 달

---

136 영정(郢政) : 영착(郢斲). 남에게 시문을 첨삭해 달라고 할 때 쓰는 말.
137 기가(嗜痂) : 『남사(南史)』 유옹전(劉邕傳)에 "옹(邕)이 창가(瘡痂)를 먹기를 좋아하여 그 맛이 복어와 같다고 여겼다. 일찍이 맹영휴(孟靈休)를 찾아가니 그가 얼마 전에 부스럼을 앓아 그 부스럼딱지가 떨어져 침상에 있으므로 옹이 주워 먹었다."고 하였음. 여기서는 개성이 강함을 나타냄.

에 창화하신 시가 거의 한 권을 넘는다 하시니, 공께서 청고(靑顧)하신
이가 누구입니까.

취허 : 바다를 건넌 뒤 쓰시마에 이르렀고, 쓰시마로부터 에도에 이
르기 천여 리, 수창한 여러 선비가 거의 백여 인에 이릅니다. 영재가
가는 곳마다 숲과 같고, 어느 사람이 뛰어나고 어느 사람이 위였는지
적확히 알 수는 없습니다. 대체로 그대의 나라는 인재의 수택(藪澤)
이니, 경하할만한 일입니다.

진택 : 듣건대 공께서는 지난 날 정우(整宇)·학산(鶴山)과 더불어 여
러 차례 수화(酬和)하셨다는데, 알지 못하겠으나, 문성(文星)의 무리
가 모였으니 얼마나 밝게 빛났는지요.

취허 : 정우·학산 두 공께서는 모두 재학(才學)으로 세상에 이름이
났는데, 벌써 그 연원이 깊고 가없는 줄을 알고 있으니, 한원(翰苑)의
홍장(鴻匠)이올시다. 그 사이에 우열을 가리기는 부당하다 하여야 옳
겠지요.

진택 : 하늘이 재주를 낼 때는 차이가 없으니, 심은 것은 기르고 기운
것은 엎어버립니다.[138] 재주란 것은 하늘에 달렸고, 배움이라는 것은
사람으로 말미암으니, 사람이 오직 배우지 않는 까닭에 재주도 따라
서 어두워진다면, 학문의 도는 하루라도 그만 둘 수 없습니다. 정우

138　하늘이 …… 엎어버립니다 : 『중용장구(中庸章句)』제17장에 "하늘이 만물을 낼 적에
는 반드시 그 재질에 따라 돈독하게 한다. 그러므로 뿌리가 잘 박힌 것을 북돋워주고
기운 것을 엎어버린다.[天之生物 必因其材而篤焉 故栽者培之 傾者覆之]"하였음.

(整宇) 같은 여러 공은 재주가 탁월하고 형설(螢雪)의 공을 부지런히 닦아, 평상시 남보다 뛰어난 자인데, 하물며 집에는 청상(靑箱)을 가득 쌓아두고, 부모와 스승의 교훈을 더하였으니, 어찌 이루어지지 않았겠습니까.

진택 : 공께서 서경에 계실 때 제게 시 한편을 주었다 하셨는데, 제가 일에 쫓기다 보니 추거(推去)할 틈 없이 문득 잊고서 이곳에 이르렀습니다. 공께서 만약 기억나시면 따로 써서 내려 주십시오.

창랑(滄浪) : 일찍이 안(安)을 통해 보냈는데, 아직 이르지 않았습니까.

진택 : 받지 못하였습니다. 어떤 시인지 알지 못합니다.

창랑 : 그 때 족하가 안 공에게 부친 시가 있어서 제가 그 운을 썼지요. 족하가 그 운을 내놓으신다면 제가 기억나겠습니다.

진택 : 제가 안 공을 만나서는 그 시에 주(洲)·두(頭)·추(秋) 석 자를 썼습니다.

창랑 : 그 때 지은 모든 작품이 끝내 기억나지 않으니 안타깝습니다.

진택 : 이제 바라건대 그 운초(韻礎)에 의거하여 따로 한 편을 지어주실 수 없겠습니까. 이 또한 한 가지 풍류일 것입니다. 반드시 앞의 시를 찾아낼 것까지야 없겠지요. 창랑이 자리에서 시를 썼다.

반곡(盤谷) : 역로(歷路)에서 창화한 이가 많은데, 좋은 것은 자못 적었고, 오직 족하의 시가 청신(淸新)하고 정련(精鍊)되어, 짓는 데 구법이 매우 잘 맞아 귀하다 할 만 합니다. 지금은 특히 바빠서 쉽게 화답을 하지 못하니, 끝내는 잘 써서 서문까지 붙여 서경으로 마땅히 가져 갈 것이니, 그 때 다행히 족하가 와서 묻기를 바랍니다.

반곡 : 일이 많고 바빠서 창랑의 뜻과 한가지로 같으니, 안타깝습니다.

취허(翠虛) : 아침에 편의(便宜)에 따라 속초(續貂)[139] 두 수를 드렸습니다. 받아보셨는지 모르겠습니다.

진택 : 아직 손에 들어오지 않았습니다. 누구에게 부탁하여 전하셨습니까? 만약 서경에서 주신 두 편이라면 이미 받았습니다. 조벽(趙璧)[140]과 수주(隋珠)[141]로 가난뱅이가 금방 부자가 되었으나, 먹이 넘치고 종이가 해져 어찌 감히 해석하겠습니까. 제 시는 따라할 수 없고, 애오라지 풍성한 가르침을 감사하여, 썩어 냄새나는 글이 대갱(大羹)[142]과 현주(玄酒)[143]로 바뀌었습니다. 진정 명공의 한 근 가운데 있을 뿐입니다. 다시 살펴주시기 바랍니다. 공의 말씀하신 뜻은 지극히 겸손하시니, 어찌 무슨 말을 하겠습니까. 대개 지은 이에게는 금심(金心)이 있고, 보는 이에게는 벽안(碧眼)이 있은 다음에야, 규거(規矩)가 정리되고 정해집니다. 왕봉상(王奉常)[144]이 "평원의 넓은 들

---

139 속초(續貂) : 구미속초(狗尾續貂)란 말에서 온 것이니, 여기서는 좋은 시라는 뜻.
140 조벽(趙璧) : 춘추 전국 시대에 최고의 보옥(寶玉)으로 일컬어졌던 화씨벽(和氏璧)을 가리킴.
141 수주(隨珠) : 수후(隨侯)의 구슬이란 뜻으로서, 큰 뱀이 그의 은덕을 갚기 위해 바쳤다는 천하 지보(至寶)의 구슬이라고 함.
142 대갱(大羹) : 조미료를 가하지 않은 육즙(肉汁)을 말함.
143 현주(玄酒) : 정화수(井華水)의 별칭. 태고(太古) 시대에는 술이 없었기 때문에 제사 때 정화수를 술 대신 썼던 데서 현주라 이름한 것인데, 후대(後代)에는 술이 있음에도 옛것을 잊지 않는 뜻에서 정화수를 꼭 썼다고 함.
144 왕봉상(王奉常) : 명 나라 사람 왕세무(王世懋). 세정(世貞)의 동생으로 자는 경미(敬

에서 큰 창을 이용한다. 만약 막히고 좁은 곳에서는 짧은 무기를 씀만 같지 못하다."하였으니, 어쩌면 전법(戰法)만이겠습니까, 글을 쓰는 이도 그런 법칙이 있겠지요. 이주영(爾朱榮)[145] 팔천(八千)이 갈영(葛榮) 백만(百萬)을 깨니, 바둑알을 놓고 기와를 흩어놓은 것이었습니다. 이로 말미암아 보건대, 무릇 일의 크고 작음과 길고 짧음이 각각 마땅한 바대로 있으니, 어찌 반드시 일률적으로 논하겠습니까. 공은 비록 단문(短文) 소시(小詩)라 하여 자주 물러나시지만, 저는 경복(敬服)한 것인데, 하물며 저를 위해 내려주신 것인데요. 참으로 부럽습니다.

○ 조선통신정사 동산(東山) 윤(尹) 공 합하께 드림.

진택 야나기 코(柳剛) 배고(拜稿)

훨훨 나는 쌍봉(雙鳳)이 부상(扶桑)에 내리니	聯翩雙鳳下扶桑
문채와 풍류는 누가 기러기 떼인가	文彩風流誰鴈行
육해(陸海)와 반강(潘江)[146]이 잔협(淺狹)에서 마치고	陸海潘江終淺狹
원진과 백낙천을 압도하여 스스로 장황을 이루네	壓元倒白自張皇
맑은 이야기를 나누는 붓끝은 은하수에 걸리고	淸談筆底懸河水

美), 호는 담원(澹園), 시문에 능했음. 문집으로 『왕봉상집(王奉常集)』이 있음.

145 이주영(爾朱榮) : 자는 천보(天寶), 후위(後魏) 명제(明帝)의 신하. 갈영(葛榮)과 싸울 때에 창과 칼을 사용하지 않고 나무 몽둥이로 승리를 거두었음.

146 육해 반강(陸海潘江) : 진(晉)나라 문학가인 육기(陸機)와 반악(潘岳)을 가리킨다. 남조 양(南朝梁)의 종영(鍾嶸)이 그의 《시품(詩品)》 상권에서 "육기의 재질은 바다와 같고, 반악의 재질은 강과 같다.[陸才如海 潘才如江]"고 평한 데에서 비롯된 것이다.

절묘한 생각의 가슴 속은 제 나라의 향기를 머금었네

妙思胸中含國香

도리어 나그네의 고달픔을 한탄하나 아직 따듯하지 않고

還恨客氈猶未暖

가을바람에 사신의 깃발은 단단히 채비하라 재촉하네

秋風征旆促嚴裝.

임술년 중추 하순.

○ 물러나 어제 보내온 운을 따라 적으니 잠계(蠶溪) 야나기(柳) 사문의 사안(詞案)과 비슷하다. 동산(東山) 고(稿)

일찍이 오초(吳楚)에 두 여자의 뽕나무를 괴이히 여겼더니

嘗怪荊吳兩女桑

오늘은 기쁘게 관복을 입고 앞줄에 나섰네　　　　喜今冠蓋列顏行

사신의 배를 타고 은하수를 건널 제 장자(張子)를 생각하고

乘槎星漢思張子

돌을 채찍질해 나루에 이르니 시황(始皇)을 비웃네 驅石滄津笑始皇

이미 그대 나라에 글 쓰는 일 성대함을 아니　　　 已識貴邦詞翰盛

다시 뛰어난 선비의 향내 나는 이름을 듣네　　　 更聞佳士姓名香

상자 속에 옥 같은 시 잔뜩 들었고　　　　　　　 篋中藏得瓊琚什

뛰어난 경치는 천금이라 주머니에 담았네　　　　 絶勝千金越橐裝

임술년 중양(重陽)

○ 본디 운에 따라 동산 공 합하께 사례하며 드림. 진택 야나기 코

사신은 정녕 맥상상[147]을 생각하느니	奉使寧思陌上桑
녹명(鹿鳴)[148]의 잔치 끝나자 큰길을 보이네	鹿鳴宴罷示周行
홍범구주의 도를 전하러 기자(箕子)를 따르고	範疇傳道隨箕聖
두 나라 사이의 맹약을 닦으며 한황(漢皇)을 송축하네	
	帶礪修盟頌漢皇
신선 나라의 풍격이 높아 기수는 아름답고	仙府風高琪樹麗
하사주(下賜酒)에 봄이 따듯하여 울금의 향기로다	官醞春暖鬱金香
명주(明珠) 만 곡은 집에 간직한 시구이니	明珠萬斛家藏句
어찌 또 자손을 위하여 월장(越裝)[149]을 두리.	何又孫謀在越裝

이는 왕승유(王僧孺)[150]의 일이니, 상편의 월탁(越橐)과는 다르다.

---

147 맥상상(陌上桑) : 악부의 곡명. 조왕(趙王)이 맥상에서 뽕을 따던 진씨(秦氏) 딸의
   아름다운 자태를 탐내어 그녀를 빼앗으려 할 적에 그녀가 이 노래를 지어 거절하였음.
148 녹명(鹿鳴) :《시경》소아(小雅)의 편명으로, 본래는 임금이 신하를 위해 연회를 베풀
   며 연주하던 악가(樂歌)인데, 후대에는 군현의 장리(長吏)가 향시에 급제한 거인(擧人)
   들을 초치하여 향음주례(鄕飮酒禮)를 베풀어 주며 그들의 전도를 축복하는 뜻으로 이
   노래를 불렀음.
149 월장(越裝) : 한(漢) 나라 고조(高祖) 때 육가(陸賈)가 한 나라에 복종하지 않은 남월
   왕(南越王) 위타(尉他)를 회유하기 위해 사신으로 가서 목적을 달성하고는 위타에게 금
   은보화 등 값진 보물을 많이 받아왔음.
150 왕승유(王僧孺) : 양나라 사람으로 어려서부터 글을 지을 줄 알았으며, 고서(古書)를
   좋아해서 수만 권을 모았는데, 이들 대부분이 진본(珍本)이었음.

○ 부사 노호(鷺湖) 이(李) 공 각하께 드림. 야나기 코 근고(謹稿)

만 리 길 수레타고 명을 받아 오니	萬里飆輪銜命來
사람에게 비추는 의정한 모습 맑고도 때가 없네	照人丰采淨無埃
일찍이 갑과(甲科)에서 통경(通經)의 책문을 꿰었고	甲科曾掇通經策
모든 이들은 전대(專對)할 인재라 하였네	輿論均歸專對才
바라건대 먼지를 털어내고 말씀을 받들어	願逐下塵承謦欬
기쁘게 고상(高賞)을 함께 하여 시를 고쳐 나가겠네	好陪高賞定敲推
박망(博望)[151]이 홀로 아름답다 말하지 말라	莫言博望獨專美
사마(司馬)[152]의 문장을 누가 다시 써 내리	司馬文章誰復裁

○ 종사관 죽암(竹菴) 박(朴) 공 각하께 드림. 야나기 코 근고

훌륭하신 임금님에 복 받은 나라 바다 멀리 동쪽	重熙景運海天東
조선의 사신은 그윽이 통하네	鰈域使臣復杳通
굳건한 날개로 구름을 펼치니 춤추는 봉황을 보고	健翮摩雲看儀鳳
맑은 의표는 겨눌 바 없어 문웅(文雄)임에 틀림없네	清標絕代識文雄
꿈에 금마(金馬)[153]의 옥당 아래로 돌아가나	夢廻金馬玉堂下
생각은 빙호(氷壺)[154]의 가을 달 속에 있네	思在氷壺秋月中

---

151 박망(博望) : 한나라 박망후(博望侯) 장건(張騫).

152 사마(司馬) : 사마천을 가리킬 듯.

153 금마(金馬) : 한나라 궁궐 문인 금마문(金馬門)의 준말. 동방삭(東方朔)·주보언(主父偃)·엄안(嚴安) 등 문인들이 황제의 조서(詔書)를 기다리던 곳인데, 뒤에는 조정의 뜻으로 쓰이게 됨.

154 빙호(氷壺) : 옥호(玉壺) 속의 얼음처럼 맑고 고결한 인품을 비유하는 말.

이제 하늘과 땅 사이 처음 만나는 것이었는데　　　自是乾坤發生面

흥겹게 읊으며 조충(雕蟲)[155]이 함께 함을 아쉬워하지 않네

　　　　　　　　　　　　　　　　　高吟莫惜伴雕蟲

○ 취허(翠虛) 성(成) 공께 드리는 시 3수. 야나기 코 근고

계림의 문물은 들어서 안 지 오래인데　　　雞林文物久聞知

오늘의 의관은 옛날보다 낫네　　　此日衣冠勝昔時

조정에 책문을 올려 두터운 은총을 입고　　　獻策廟庭承渥寵

시험장에서 일등을 하고 굉사(宏辭)[156]에 합격하였네 奪魁場屋中宏辭

새로 바다 위에서 황화절(皇華節)을 잡으니　　　新持海上皇華節

비로소 바람 앞에서 옥수(玉樹)의 모습을 보네　　　始覩風前玉樹姿

여관에 조용히 앉아 애오라지 의아해 하지 않으며 賓館從容聊莫訝

하루아침 인사 나누고 마음을 텄다오　　　一朝傾蓋自心期.

○ 두 번째

용문의 하루 특별히 알아주시니　　　龍門一日荷殊知

손님 맞는 예의를 중히 닦는 전성(全盛)의 때로다 聘禮重修全盛時

배움은 연원을 지극히 하여 정묘한 뜻으로 들어가고 學極淵源入精義

---

155 조충(雕蟲) : 문사(文詞)를 꾸미는 조그만 기예(技藝). 야나기 자신에 대한 겸사.

156 굉사(宏辭) : 박학굉사(博學宏辭). 관리를 뽑는 과거의 이름인데, 문장 3편으로 시험
　　하였음.

시가 이루어져 주옥 같으니 영화로운 문장을 보도다

詩成珠玉見英辭

기수(棄繻)[157]하여 감히 종군(從軍)의 뜻을 욕되게 하고

棄繻敢辱從軍志

나라 일을 하매 따르기 어렵기는 종멸(豵蔑)[158]의 모습이네

執御難隨豵蔑姿

사신 일행이 바삐 에도를 향해 가니

文旆悾傯又東指

돌아오는 길에 흉금을 타놓기로 약속하였네

歸程爲約豁襟期

○ 붕명(鵬溟) 이(李)공 사단(詞壇)에 드림

흉금을 터놓으니 우주처럼 넓고

磊落胸襟宇宙寬

훈훈한 인정에 화기(和氣)는 난 꽃과 같구나

薰人和氣總如蘭

도와 의를 가지고 마음의 밭을 갈 수 있으니

能將道義耕心地

감히 귀신을 부려 붓끝으로 돌아오네

敢使鬼神歸筆端

까치가 곤륜산에 내놓은 춘설차가 울리고

鵲抵崑岡春雪響

---

157 기수(棄繻) : 비단 종이를 둘로 나눠서 만든 증명서를 버렸다는 뜻으로, 한(漢)나라 종군(終軍)의 고사. 종군이 젊어서 장안(長安)으로 갈 적에 걸어서 관문에 들어서니, 그곳을 지키는 관리가 수(繻)를 지급하면서 다시 돌아올 때 맞춰 보아야 한다고 하였음. 이에 종군이 앞으로 그런 증명서는 필요 없을 것이라면서 버리고 떠났는데, 뒤에 종군이 알자(謁者)가 되어 사신의 신분으로 부절(符節)을 세우고 군국(郡國)을 돌아다닐 적에 그 관문을 지나가자, 옛날의 관리가 알아보고는 "이 사자는 바로 예전에 증명서를 버린 [棄繻] 서생이다"라고 말했다 함.

158 종멸(豵蔑) : 진(晋) 나라 대부(大夫) 숙향이 정(鄭) 나라에 갔을 때에 종멸이 그릇을 들고 마루 아래 섰는데, 모양은 추하나 말 한 마디에 어진 것을 알고, 그 손을 끌어 올리니, 이때부터 드디어 자산(子產)의 알아줌을 받았음.

조개가 푸른 바다에 만든 야광주 차구나　　　　蚌生滄海夜光寒
대궐에서는 단번에 삼천 자[159]를 써내고　　　　丹墀一屬三千字
과거에 급제하여 일찍이 여러 재사의 머리에 올랐네

　　　　　　　　　　　　　　　　　　　攀桂曾登多士冠

○ 신재(愼齋) 안(安) 공 오우(梧右)께 드림

세상에서 모두 우러르길 태두(泰斗)의 이름이요　　海內具瞻泰斗名
사신의 깃발 이르는 곳 교외에 마중 나와 공손히 하네

　　　　　　　　　　　　　　　　　　　文旌到處冀郊迎
의관과 법도를 주례(周禮)에 따르고　　　　　　　衣冠典度隨周禮
도덕과 강론은 공자의 뜻에 바탕을 두네　　　　　道德講論原孔情
밝은 달이 주머니 속에서 긴 밤을 비추고　　　　　明月囊中長照夜
봄바람은 붓 아래에서 바삐 꽃을 피우네　　　　　春風筆下忽生英
삼도부(三都賦) 만들어진 지 몇 해가 흘렀는가　　三都賦就幾經歲
성안 가득 종이 값이 싸다는 말 듣지 못했네　　　未聽滿城紙價輕.

○ 어제 보여준 운을 따라 붕명(鵬溟) 공에게 드리는 다섯 수

힘찬 시파(詩派)가 원류에서 흘러나오니　　　　　渾渾詩派浚源流

---

159 삼천 자 : 송(宋)나라 하송(夏竦)의 시 〈응정시(應廷試)〉에, "예악을 자유로이 끌어
　　다 삼천 자를 내리쓰고, 대궐에서 독대할 제 해가 아직 한창이로세[縱橫禮樂三千字 獨對
　　丹墀日未斜]"라고 한 데서 온 말. 전하여 문장이 유창함을 뜻함.

생각은 신선의 집 백척루에 있네 　　　　　　思在仙家百尺樓

남국의 빛나는 꽃은 이곳에 돌아와 　　　　　南國光華還此地

자장(子長)¹⁶⁰도 그대의 유람에는 맞서지 못하리라　子長未必亢君遊

둘째

웅변은 거꾸로 걸려 삼협(三峽)의 흐름이요 　　　雄辨倒懸三峽流

가슴 속의 만 권은 서루(書樓)를 쌓네 　　　　　胸中萬卷築書樓

땅 속 벌레가 곡붕(鵠鵬)의 뜻을 알지 못하고 　　壞蟲不識鵠鵬志

하룻밤 날아도 노닥거리는 정도 　　　　　　　一夜飛揚汗漫遊

셋째

하늘의 인연을 다행히 받아 명류(名流)를 접하니　天緣幸假接名流

산을 등지고 내가 세운 누대는 스스로 우습네 　自笑背山吾起樓

노래 가운데 양춘곡으로 녹기를 타고 　　　　　曲裏陽春振綠綺

어찌 어린 나이에 오릉(五陵)¹⁶¹의 유람을 자랑하리오.

　　　　　　　　　　　　　　　　　　何誇年小五陵遊

넷째

가운데 옥찬(玉瓚)에 황류(黃流)를 싸안고¹⁶²　　中心玉瓚擁黃流

---

160 자장(子長) : 사마 천의 자.

161 오릉(五陵) : 서울 부호(富豪)의 경박하고 호협한 자제들을 가리킴. 오릉은 함양(咸陽) 부근에 있는 서한(西漢) 다섯 황제의 능인데, 이곳에 능을 세울 때마다 사방의 부호들을 옮겨 와 살도록 했기 때문에 이런 뜻이 생겼음.

빈손으로 누가 오르나 오봉루(五鳳樓)[163]에는　　　赤手誰攀五鳳樓

조선의 서울에서 겨우 작은 배로 오시니　　　鰈域燕京才一葦

이곳에서 일찍이 시를 지어 아름다운 유람을 적네　留題曾是記淸遊

다섯째

경위(涇渭)[164]는 유래가 있어 분명 다르게 흐르는데　由來涇渭異分流

솟고 기울기가 거듭하여 열두 누각이네　　　俯仰重重十二樓

나라의 법으로 다음 날 서로 허락된다면　　　邦憲他年儻相許

사신으로 와서 한번 배를 저어 마음껏 노닐 날이 있으리

　　　　　　　　　　　　　漢槎一棹作遨遊

○ 취허(翠虛)가 보이신 운을 따라.

　　　　　　　　봉주거사(蓬洲居士) 야나기 용중(柳用中) 고

어찌 멀리 이름 난 산에서만 놀아야 하나　　何必迢迢五嶽遊

문장의 물결 함께 쏟아 압록강이 흐르네　　文波共瀉鴨江流

162　옥찬(玉瓚)은 …… 싸안고 : 옥찬은 옥 손잡이에 바닥은 금으로 된 국자로 강신제 때
　　쓰며 황류(黃流)는 누른빛의 울창주인데, 모두 귀한 인재를 뜻함. 『시경』〈대아(大雅)〉
　　한록(旱麓)에 "아름다운 저 옥찬에 황류가 담겨 있도다[瑟彼玉瓚 黃流在中]"하였음.

163　오봉루(五鳳樓) : 양 태조(梁太祖)가 낙양(洛陽)에 세운 누각(樓閣). 매우 고대(高
　　大)하기로 유명하므로, 전하여 큰 문장(文章) 솜씨를 오봉루의 건축(建築) 솜씨에 비유
　　한 데서 온 말임.

164　경위(涇渭) : 옳고 그름과 청탁(淸濁)에 대한 분별이 엄격함을 이르는 말. 원래 중국
　　섬서성(陝西省)에 있는 두 물 이름인데, 경수(涇水)는 물이 탁하고 위수(渭水)는 맑기
　　때문에 비유한 것.

좋은 노래 한 곡조에 구름이 흐르다 머물고 　　　　高歌一関行雲遏

병 많은 상여(相如)[165]가 근심을 풀지 못하네 　　　多病相如不解愁

둘째

단대(丹臺)의 석실[166]을 비우고 스스로 하늘에서 노니

　　　　　　　　　　　　　　　　　　　丹臺空廓自天遊

세상일은 가련하여 드디어 물이 되어 흐르도다 　世事應憐逐水流

해 지는 서산에 구름이 다하고 　　　　　　　落日西山雲欲盡

가을바람에 멀리서 온 손님은 슬픔을 감추지 못하네

　　　　　　　　　　　　　　　　　　　秋風遠客不禁愁

셋째

청년이 베푼 잔치로 곡강(曲江)에서 노닐고 　　青年賜宴曲江遊

붓을 휘두르니 구름 속에 아름다운 시가 흐르네 　揮翰雲烟寶唾流

야광주는 동해의 달빛을 받아 빛나고 　　　　囊裡夜光東海月

맑은 이슬 내리는 깊은 가을 귀신이 슬퍼하네 　清霜秋半鬼神愁

넷째

비단 돛에 만 리 길 바다 동쪽에서 노니니 　　錦帆万里海東遊

---

165 병 많은 상여(相如) : 한(漢) 나라 사마상여(司馬相如)가 소갈병(消渴病)을 앓았으므
로 이른 말임.

166 단대(丹臺)의 석실 : 선인이 있는 곳. 자양진인(紫陽眞人) 주계도(周季道)가 선인
선문자(羡門子)를 만나 장생결(長生訣)을 물으니 선문자가 말하기를 "이름이 단대의 석
실(石室) 안에 있는데 왜 선인이 못 됨을 근심하는가"했다는 고사임.

이르는 곳 강산은 훌륭한 분들을 기다리네   到處江山竢勝流

떠도는 인생 흩어졌다 만나는 것 어느 날일지 기약 없으니

聚散萍踪無幾日

한편으로 기쁘고 한편으론 슬프네   一分爲喜一分愁

다섯째

글 짓는 자리에 자유자재로 노니니   翰墨場中自在遊

일찍이 푸른 물은 앞서서 흘러간다 들었네   曾聞碧水上頭流

영재는 탁월하여 밝은 임금을 만나는데   英才卓絶逢明主

평자(平子)는 무슨 까닭에 사수(四愁)를 읊었나[167]   平子因何賦四愁

공(公)은 충애(忠愛)하고 사람을 널리 받아들여, 반드시 데려가 장독
으로 쓰시지는 않을 것이로되, 다만 취하여 곁 사람의 웃음거리가 될
까 두려우니, 자격 없는 사람이라는 비난을 면할 수 없을 것이다. 그
러나 '농(隴) 땅을 얻으니 촉(蜀) 땅을 바란다'[168]고, 나는 뜻이 없지 아
니하다. 엎드려 바라기는 명공(明公)이 상투적인 데서 벗어나 혜량해
주시길. 진택(震澤) 고.

---

167 평자(平子)는 …… 읊었나 : 장평자는 후한(後漢) 때의 문인으로 자가 평자인 장형(張
衡)을 가리키는데, 그가 일찍이 하간왕(河間王) 상(相)으로 있으면서, 시국을 근심한 나
머지 4장으로 된 사수시(四愁詩)를 지어서 스스로 우수 번민의 정을 토로했던 데서 온
말임.

168 농(隴) 땅을 …… 바란다 : 득롱망촉(得隴望蜀)의 번역. 탐내는 마음이 한이 없는 것을
표현할 때 쓰는 말임. 후한(後漢) 광무제(光武帝)가 잠팽(岑彭)에게 농서(隴西) 땅을 공
격해서 뺏게 한 뒤에 다시 계속해서 촉 땅으로 진격하도록 하자, "농서를 평정하였는데
또 촉 땅까지 원하는가[既平隴 復望蜀]"라고 탄식하였다는 고사가 전함.

취허(翠虛)가 답장하여, “제가 늘 곤돈(困頓)한 가운데 있어서, 자산(子產)과 숙향(叔向)이 호저(縞苧)로 한 보답[169]을 따라할 수 없습니다. 다만 서툰 한 편의 시로 만의 하나를 보답합니다”하였으니, 오언고시(五言古詩)와 이 시에는 화답이 없다.

○ 해월(海月) 성(成) 공 사안(詞案)께 드림.

진택(震澤) 야나기 고(柳剛) 서둘러 씀

성 공은 어떤 사람인가	成公其何人
끼끗하고 마음이 넓도다	濟楚自俁俁
붓으로 용을 쫓고	筆鋒驅龍蛇
시는 바람과 구름을 마네	詩源卷風雨
시류에 빠지기 좋아하지 않고	不肯㪍時流
옛것을 스승 삼아 노(魯) 나라에 돌아오네	師古共洄泝
꽃 같은 문장에서 가득 향기 나고	英華故芬郁
사부(四部)를 열람하며 깊이 씹어 넘기네[170]	含咀閱四部

169 자산(子產)과 …… 보답 : 자산이 철판을 주조하여 형법의 조문을 새겨 넣으려고 하자, 진(晉)나라의 숙향(叔向)이 자산에게 서신을 보내 충고한 글에, “하나라의 정치가 어지러워지자 우의 형법이 제정되었고, 상나라의 정치가 어지러워지자 탕의 형법이 제정되었으며, 주나라의 정치가 어지러워지자 구형이 제정되었다. 이들 세 나라의 형법이 제정된 것은 모두 도의가 무너진 때의 일이었다”고 한 말이 있음.

170 꽃 같은 …… 넘기네 : 한유(韓愈)의 〈진학해(進學解)〉에, “농욱한 글에 푹 젖어들고, 그 묘미를 머금고 씹어서 문장을 지어내니, 그 글이 집에 가득하다[沈浸醲郁 含英咀華 作爲文章 其書滿家]”라고 한 데서 온 말로, 머금어 씹는다는 것은 깊이 음미(吟味)하는 것을 뜻하고, 뱉어낸다는 것은 문장을 짓는 것을 뜻하며, 영화(榮華)는 곧 문장의 정영(精英)과 화채(華彩)를 의미함.

가시덤불 가득 무성하니	荊棘久蕪蔓
도끼로 찍어 길을 냈네	劚斫闢一路
힘을 다해 풍아(風雅)로 돌아가고	絕力回風雅
외로운 소리로 소호(韶濩)를 연주했네	孤音奏韶濩
대가의 수단은 따로 있으니	大家手段別
하늘에서 받은 기품은 꼰 자국이 없네	天機無縬組
아미산 꼭대기는 반나마 눈이요	峩眉天半雪
갈석(碣石)[171]은 바다 가운데 기둥이네	碣石海中柱
호연지기 길러 우뚝 솟아 움직이지 않고	養浩屹不動
아름다운 향기는 입 다물어 뱉지 않네	漱芬嗑不吐
내가 비로소 한번 열어서 읊으니	我始一披誦
아름다운 태도가 헌사롭구나	藹藹多態度
간담은 깨지려 하고	肝膽欲爲破
이목은 놀라서 돌아보네	耳目忽愕顧
신령스런 준마가 악와(渥洼)[172]에서 날고	神駿騰渥洼
호쾌한 붕새가 낭포(閬圃)에서 잡히네	快鵬搏閬圃
가슴을 여니 별자리가 찬란하고	開胸星宿爛
혀를 놀리니 초란이 피네	鼓舌椒蘭炷
굴원과 송옥은 아관으로 마쳤고	屈宋終衙官
양웅과 사마는 항오에 정성을 다했네	楊馬誠行伍

---

171 갈석(碣石) : 일찍이 진 시황(秦始皇)이 순수(巡狩)하다가 갈석에 이르러 바위에다
공을 새긴 고사가 유명함.

172 악와(渥洼) : 중국 서북방 감숙성(甘肅省)에 있는 강 이름인데, 예전에 거기서 신마
(神馬)를 얻었다 함.

어찌 뛰어난 재주를 부러워 않고　　豈不羨逸才

천균(千鈞)을 한 가닥 실에 매리　　千鈞繫一縷

작기로는 푸른 바다 속의 좁쌀　　眇焉滄海粟

말을 배워도 앵무새인데　　學語似鸚鵡

경운(景運)은 인문을 열고　　景運啓人文

해론(奚論)은 척박한 땅에 살았네　　奚論居瘠土

중원의 사방이 높은데　　中原四方尊

주례(周禮)는 모두 노(魯) 나라에 있네　　周禮盡在魯

나의 도는 옛날을 생각하지 않고　　吾道無念古

나의 재주는 오직 성글기만 할 뿐　　吾才惟莽鹵

가슴을 쓸어 길게 탄식하며　　撫膺長嘆息

압록강 가에서 낯을 씻네　　靧面鴨水滸

장사는 빼어나 그만두지 않고　　壯士勃不已

여러 진영은 굳센 활을 거네　　列營懸强弩

신령스러운 사신이 조선에서 오니　　靈槎鰓壑來

밀물의 소식 이 집에 통하누나　　潮信通環堵

서둘러 빈관으로 달려가니　　倒裳趨賓館

돌아가며 아름다운 이야기를 나누네　　輾然諧良晤

잘 익은 술을 즐거이 마시고　　風味飮醇酎

예를 나눔은 옛 법식에 맞네　　禮數共古處

감격하여 마땅히 가슴에 새기며　　感激宜銘鏤

무리를 건너뛰어 장려하고 추어주네　　踰衆攛奬詡

어찌 세상에 얽매어 처참하지 않으리　　無那塵羈劇

손님이 움직여 발치를 맞대네　　過客動接武

지척간인 까닭에	所以咫尺間
반부(攀附)¹⁷³하여 드디어 누추하지 않네	攀附遂不屢
마음은 시를 지어 전하나	心以詩筒傳
술은 금잔에 가득하여 괴롭네	酒滿金罍苦
사해가 본디 형제요	四海本弟兄
누가 가불매조(呵佛罵祖)¹⁷⁴ 하려는가	誰呵佛罵祖
신선은 하늘 연못에 떨어져 있고	仙凡隔天淵
평수(萍水)는 폐부에 깔렸는데	萍水敷肺腑
경모하여 부지런히 따라가고	景慕勤企踵
먼저 검속하여 금란의 장부로세	先撿金蘭簿
만 리 산천의 빛깔	万里山川色
사신 다녀오는 주머니는 모두 비어있네	越橐都空裏
바로 해담(奚擔)의 부유함을 알리니	定知奚擔富
가련한 나는 그저 베껴서 얻네	憐我姑謄取
그대는 본디 계림 사람	君本雞林人
문장은 이미 나라 안에서 말랐고	文已國中沽
동쪽으로 일본 땅에 오니	東來搏桑下
종이 값이 문득 너무 비싸졌네	紙價忽泰膴
안개 걷히고 쪽빛 하늘을 바라보니	披霧望蔚藍
달은 신선의 도끼를 빌렸구나	脩月假仙斧

---

173 반부(攀附) : 반룡부봉(攀龍附鳳)의 준말로, 제왕 혹은 명사(名士)에게 몸을 의탁해
서 이름을 이루는 것.
174 가불매조(呵佛罵祖) : 부처를 꾸짖고 조상을 욕하는 것. 즉 선현(先賢)을 초월(超越)
하려 함을 비유한 말.

뱃속은 오경을 든 통이요	腹中五經笥
몸에는 시를 잔뜩 집어넣었네	身入群玉府
스스로 부끄러워라, 고동이 바다를 재며	自慙蠡測海
어찌 양이 호랑이를 침과 다르랴	何異羊攻虎
서서 잠깐 말을 나누어도 진실로 변화(卞和)의 구슬이고	
	立談寔卞璧
기쁨으로 얼굴에 넘치네	歡悰溢眉宇
문장을 논하며 꽉 막힌 것을 천히 여기고	論文賤膠漆
마음을 던져 수유(水乳)를 사랑스레 여기네	投心憐水乳
부름 받아 우아한 예법을 지킬 수 있으며	使乎能嫻禮
홀로 대하여 누가 수모를 무릅쓰리오	專對誰敢侮
거듭 현제(玄提)를 누리시니	稠疊飫玄提
어찌 다시 기린 포를 찾으리	安復素麟脯
상을 주는 자리에 마땅히 녹명(鹿鳴)을 부르고	賞應歌鹿鳴
싸움에서는 견두(杖杜)175와 다르다네	干役異杖杜
천 년에 한 번 이 한 때는	千載茲一時
한번 헤어지면 아쉬움을 어찌 메우리	一別悔何補
붓으로 제루씨(鞮鞻氏)176의 말을 대신하고	筆語代鞮言
갈대가 옥 나무에 기대었네177	蒹葭依玉樹

---

175 견두(杖杜) : 미상. 정씨(鄭氏)가 장수를 보내 수자리 서는 것[遣將帥及戍役]이라
풀이한 바 있음.

176 제루씨(鞮鞻氏) : 주(周) 나라 때 사방의 음악을 맡는 관직.

177 갈대가 …… 기대었네 : 위 명제(魏明帝)가 황후의 동생인 모증(毛曾)과 황문 시랑(黃
門侍郞) 하후현(夏侯玄)을 같은 자리에 앉게 하자, 하후현이 자신의 초라함을 매우 부끄

분수를 잊고 종이쪽지 하나 드리니　　　　　　　忘分贈赫蹏
괴이하게 여기지 마시고 길이 두소서　　　　　　勿怪使旁午

　　　　　　　　　　　　　　　　　　임술년 8월 상완(上浣)

○ 진택(震澤) 안하(案下)에게 감사하며.

　　　　　　　　한주거사(漢洲居士) 붕명(鵬溟) 서둘러 씀

나그네 세월은 물을 따라 흐르는데　　　　　　逆旅光陰逐水流
고향 그리는 해거름에 홀로 누대에 오르노라　鄉愁落日獨登樓
뜬세상 백년 혼돈스럽게 붙여서　　　　　　　浮生百歲渾如寄
마땅히 맑은 술잔을 잡고 좋은 놀이를 대신하네　宜孰淸樽辨勝遊
가운데 있는 절은 백 척의 누대로다　　　　　中有招提百尺樓
땅에 바람 불고 안개 끼어 흥이 익지 않았는데　特地風煙未闌興
올 때 다시 그대와 노닐리라　　　　　　　　來時還復與君遊
소나무 그늘 창가가 적막하여 가을 반딧불 나니　松窗寂寞秋螢流
문득 서늘한 기운이 석루에서 생겨나는 듯하네　漸覺新涼生石樓
슬프도다 내일 아침 헤어진 다음　　　　　　惆悵明朝分手後
어느 날 술 한 잔 나누며 맑은 놀이를 이으려나　一樽何日續淸遊
바다의 구름은 망망히 하늘가에 흐르고　　　雲海茫茫天際流
고향 그리워 다시 높은 누대에 오르니　　　　望鄉時復上高樓
천지간 세월 편안히 가을 오자 더위 물러나고　乾坤歲晏秋經暑

러워하였는데, 당시 사람들이 이를 두고서 "갈대가 옥나무에 기대었다[蒹葭倚玉樹]"고
평했다는 고사가 있음.

밤마다 고향 산천 꿈속에서 노니네	夜夜家山夢裡遊
만 리 기나긴 강은 넘실넘실 흐르는데	萬里長江滾滾流
모래톱 가에 몇몇 높은 누대가 솟았고	洲邊多少聳危樓
서경은 본디 번화한 땅	西京素是繁華地
움직여 얻은 것은 평생의 이 장쾌한 놀이.	動得平生此壯遊

또 절구 한 편을 바쳐 위로 삼아 드린다.

그대가 시와 술을 좋아하여 풍류를 떨치니	愛君詩酒擅風流
나를 찾아 은근히 절의 누대에 이르렀네	尋我慇懃到寺樓
다음 날 얼굴은 어떤 물건에 기대랴	他日容顔憑底物
시 한 편 남겨 주어 함께 놀았던 일을 적네	一篇留與記同遊

○ 임술년 가을 8월 상완(上浣) 다시 앞의 운을 이어서 붕명(鵬溟) 공 기조(記曹)에게 감사하며 드림. 진택(震澤) 고

사신이 탄 배가 큰 바다를 건너 달려오니	彩鷁秋飛大海流
하늘은 맑고 아득한데 누각이 솟구쳤네	天晴縹渺吐層樓
장경(長庚)[178]은 본디 고래를 탄 손님이니	長庚元是乘鯨客
파도를 헤치고 이제 돌아와 먼 유람을 읊네	破浪今還賦遠遊

---

178 장경(長庚) : 금성(金星)을 새벽에는 계명(啓明)이라 하고 저녁에는 장경이라 하는데, "금성이 달에 가까이 있는 것을 '장경반월(長庚伴月)'이라고 하는바, 이것은 관복(官福)이 한 몸에 모여드는 것을 의미한다."라는 말이 있음.

둘째

뛰어난 식견과 넓은 재주로 구류(九流)[179]를 건너니   卓識竑才涉九流

산을 배워 누가 다시 높은 누대를 바라랴   學山誰復望岑樓

얽매인 몸이라 어찌 백구(白駒)[180]의 노래를 부르리   縶維安得白駒永

시를 짓는 이 자리에서 그대를 붙잡고 노니네   藝苑詞場執御遊

셋째

임성 성 밖에는 제류(濟流)가 둘렀는데   任城城外帶濟流

이하(李賀)가 감히 함께 하여 술자리에 임하네   李賀敢同臨酒樓

한 말 다 마시고도 도리어 태연하니   一斗杯乾還自若

백편(百篇)이 오히려 옛날 노닐 던 것을 웃네   百篇猶笑昔年遊

넷째

임궁(琳宮)의 밤은 고요한데 달이 밝게 흐르고   琳宮夜靜月華流

가을날 서늘한 기운이 생기는 물 가까운 누대로다   涼氣秋生水近樓

그저 생각하기는 함께 선객(仙客)의 뒤를 따르고   偏想共隨仙客後

바람 맞으며 길이 광한루 놀이를 즐기는 것이네   乘風長作廣寒遊

다섯째

외진 곳 빈 터에 가을이 드니 여름 더위 물러나고   秋入郊墟大火流

서풍에 기러기 한 마리 남쪽 누대를 지나네   西風一鴈過南樓

---

179 구류(九流) : 한대(漢代)의 유가·도가·음양가·법가·명가·묵가·종횡가·잡가·
농가의 아홉 학파.

180 백구(白駒) : 백구는 《시경》 소아(小雅)의 편명으로, 어진 손님을 떠나지 말도록 만류
하면서 길이 잊지 말자는 내용으로 되어 있음.

그리운 그대는 만 리 향관(鄕關) 밖에 있고   憐君萬里鄕關外

돌아가고 싶은 쓸쓸한 마음에 몇 번이나 노닐었는가

                 悵望歸心幾度遊

마지막 한 편을 차운하여, 에도에서 다시 만나 노닐기를 약속한다.

날마다 어울리며 시간 가는 걸 아까워 하니   提携連日愛時流

한번 헤어지면 마땅히 알리라, 누대에서 내려오고 싶지 않았음을

                 一別應知懶下樓

하늘 끝 구름 막힌 곳이라 말하지 말라   莫謂天涯雲樹隔

에도 천 리에서 더불어 노닐 일이 이어지리   東關千里續陪遊

                 임술년 8월 6일

○ 봉주(蓬洲)에 감사하며 드림

들으니 젊은이는 순암(順庵)에게서 배워   聞說靑年學順庵

유학을 공부하고 구담(瞿曇)[181]을 닦았네   講磨儒術刮瞿曇

마음이 밝아지는 곳을 알고자 하여   欲知方寸昭明處

갠 달 맑은 바람에 푸른 연못 보고 조아리네   霽月淸風印碧潭

위는 택사(澤師)

---

181 구담(瞿曇) : 석가모니(釋迦牟尼)를 지칭한 말임. 구담은 범어 Gautama의 음역으로
석가모니의 성씨임.

임금 계신 궁중에 빛나는 봉황　　　　　　　紫極宮中彩鳳凰

아래로 삼도(三島)를 보며 부상(扶桑)을 지나도다　下看三島過扶桑

그대가 문득 구름 사이의 날개를 베니　　　　仙郎忽剪雲間翼

맑은 바람으로 바뀌어 객당(客堂)에 이르렀네　化作淸風到客堂

위는 사선(謝扇)

조선통신사 제술관 성 취허(成翠虛)가 교토의 여관에서 쓰다.

○ 취허(翠虛) 공이 보여준 운에 따라 차운하여 드림. 진택(震澤)

성학(聖學)의 종전(宗傳)은 회암(晦庵)을 우러르고　聖學宗傳仰晦庵

허공에 매달려 하필 우담(優曇)[182]을 말하랴　懸空何必說優曇

하늘의 마음 높이 걸리니 중니(仲尼)의 달이요　天心高掛仲尼月

만고에 밝고 밝아 푸른 연못에 가득하네　　　萬古明明滿綠潭.

위는 서경에서 차운한 것.

서경에서 일찍이 만나니 오래된 절이었고　西洛曾逢古佛庵

천년의 세월에 우담(虞曇)을 보네　　　　千年風月看虞曇

---

182 우담(優曇) : 불교에서 말하는 인도의 상서로운 꽃 이름으로, 꽃이 꽃 턱 속에 숨어
　　있다가 한 번 피고 나면 곧바로 오므라들어서 사람들이 쉽게 볼 수 없기 때문에 무화과(無
　　花果) 꽃이라고 부르기도 하는데, 부처가 세상에 출현하여 설법하는 것을 우담발화가
　　한 번 꽃 피는 것으로 비유하기도 함.

채색 붓[183]이 가을에 움직이니 구름과 안개의 그림자요

采毫秋動雲烟影

백 길 용과 뱀은 자줏빛 연못에서 일어나네　　百丈龍蛇起紫潭

문거(文車)가 잠시 쉬는 곳 해동의 암자요　　文車暫憩海東庵

다시 모여 기이한 만남은 우발담이로다　　再會奇逢優鉢曇

시인의 높은 식견이 미침을 크게 감사하니　　多謝詩人餘論及

정을 나눔이 마치 백화담(百花潭)[184] 같구나　　交情深似百花潭.

위는 에도에서 차운하여 다시 답한 것.

부채를 선사한 데 감사하는 운을 따라

붓이 종이 위에서 나니 난봉(鸞鳳)이 춤추는 듯　　筆飛紙上舞鸞凰

해가 뜨자 부(賦)가 이뤄지니 성씨가 부상(扶桑)임을 알겠네

日出賦成知姓桑

한번 헤어지면 이 세상천지 어디서 만날까　　一別天涯何處會

미리 밝은 달을 가지고 화당(華堂)께 드리네　　豫將明月贈華堂

---

183 채색붓[采毫] : 양(梁)나라 때 문장가인 강엄(江淹)이 일찍이 야정(冶亭)에서 잠을
　자다가, 곽박(郭璞)이라고 자칭하는 사람이 와서 말하기를, "내 붓이 그대에게 가 있은
　지 여러 해이니, 이제는 나에게 돌려다오." 하므로, 자기 품속에서 오색필(五色筆)을 꺼
　내어 그에게 돌려준 꿈을 꾸었는데, 그 후로는 좋은 시문을 전혀 짓지 못했다는 고사에서
　온 말로, 전하여 뛰어난 문재(文才)를 의미함.

184 백화담(百花潭) : 중국 성도(成都) 서쪽 교외에 있는 못 이름인데, 두보(杜甫)의 초당
　이 있었던 곳으로 유명함.

○ 동리(東里) 정(鄭) 공의 단정(丹鼎) 아래 드림.

진택 야나기 코 고(稿)

읽기를 다한 의서가 몇 권이나 되시고	讀盡岐黃幾卷書
한 숟가락 다시 만드니 구환[185]의 나머지네	一匙再造九還餘
자연을 벗 삼아 노는 것은 내 일이 아니요	煙霞泉石非吾事
심성의 땅과 밭은 도리어 병들었네	性地心田猶病諸

임술년 8월 하순

○ 진택 공이 보여준 운을 따라. 동리산인(東里散人) 봉고(奉稿)

그대에겐 배에 가득 시서(詩書)가 많이도 있고	多君滿腹有詩書
젊은 나이에 높은 이름 선한 업(業)의 나머지라	妙歲高名白業餘
어제는 맑은 모습을 대하였는데 오늘은 아름다운 시	
	昨對淸標今麗什
형형하게 사방에 비춰 가슴속과 같네	塋如胸次照方諸
고향을 바라보나 편지는 끊겼고	故園西望斷鴻書
몸은 일본 땅에 있어 만 리 밖이라	身在扶桑万里餘
이제 문득 만나 나눈 높은 선비와의 대화	這裏忽逢高士話
여행길에 잊으실까 숙소로 보내네	却忘羇旅送居諸

임술년 8월

---

185 구환(九還) : 도가(道家)에서 아홉 차례 고아서 만든 단약(丹藥)을 말하는데, 이것을 복용하면 선인(仙人)이 된다고 함.

○ 동리 정 공의 화답시에 감사하며 드림. 진택 구초(具艸)

낙성(雒城)[186]에서 일찍이 편지 봉투를 하나 받았거니

雒城嘗受一封書

하나하나 펴보며 마음은 누긋했네

一卷一舒心有餘

뒷날 세상 끝 다시 헤어져도

他日天涯更分首

비단 주머니에 겹겹이 싸서 깊이 간직하리

錦囊什襲要藏諸

둘째

노비도 웅얼웅얼 함께 책을 읽었더니

奴婢孳孳俱讀書

정 씨 집안의 옛 학문은 초파(楚波)[187]가 넉넉하네 鄭家舊學楚波餘

교천(喬遷)[188]의 만 리 길 청운의 손님이여

喬遷萬里青雲客

알려진 성가(聲價)대로 다 팔리고 말았네

聲價由來絶沽諸

임술년 8월 하순

○ 옥운(玉韻)을 받들어 삽계(霅溪) 사궤(詞几)의 아래 드림.

쿠라(藏) 육헌(六軒)

멀리서 사신을 따라 이곳에 이르니

遠從星使到茲洲

---

186 낙성(雒城) : 교토를 이름.

187 초파(楚波) : 여파(餘波)와 같은 말.

188 교천(喬遷) : 《시경(詩經)》 소아(小雅) 벌목(伐木)의 "나무 베는 소리 쩡쩡 울리고 새들은 짹짹 우는데, 깊은 골짜기에서 날아올라 큰 나무로 옮겨 가네[伐木丁丁 鳥鳴嚶嚶 出自幽谷 遷于喬木]"에서 나온 말로 벗을 구하는 노래임.

반가운 얼굴을 만나는 바다 머리	靑眼相逢海上頭
진나라 필법과 당나라 시를 한 손에 갖추니	晉筆唐詩兼一手
그대와 같은 재주는 평범치가 않네	如君才是不凡流

바쁜 가운데 이처럼 흉내를 내나, 거칠고 서툴기 짝이 없어 매우 죄
송할 뿐입니다.

○ 신재(愼齊) 공이 애써 화운해 주신 데 감사하며 드림.

삽계거사 초(艸)

성함이 다투어 바다 밖 나라에 전하니	姓字爭傳海外洲
금문(金門)의 사책(射策)은 꼭대기에 섰네	金門射策占鰲頭
어찌 수사(洙泗)[189]에서 연원이 먼 것을 찾으리	安尋洙泗淵源遠
은택에 스미어 그대를 따라 하류를 길러 왔네	浸漬隨君汲下流

주기(珠璣)와 곤벽(琨璧)은 찬란하게 가득한데, 비열한 사람이 이를
얻으면 졸부와 같으니, 빙경(氷競)[190]을 이기지 못한다. 공경스럽게 앞
의 운을 따라 좌우에 감사드리나, 감히 구슬 같은 보답에 비기지 못하
겠다. 임술년 9월 하순.

---

189 수사(洙泗) : 중국 산동성(山東省) 곡부(曲阜)를 지나는 두 개의 강물 이름으로, 이곳
이 공자의 고향에 가깝고 또 그 강물 사이의 지역에서 제자들을 가르쳤기 때문에, 보통
유가(儒家)를 뜻하는 말로 쓰임.
190 미상.

○ 진택(震澤) 사안에게 화답을 바라며 부침. 창랑 고(稿)

서경에서 헤어지고 너무나 바빠서	西京作別劇忽忽
천리 밖 그리는 마음 꿈에나 통하네	千里相思夢寐通
그대 보지 못하는 슬픔이 밀려오니	惆悵今來君不見
다만 함께 한 성안에 있기를 바라네	祇應俱在一城中
	임술년 9월 하순

○ 창랑 공이 보여주신 운에 따라 드림. 진택 초(艸)

왕정(王程)에 하루가 바삐 가는데	王程早暮去匆匆
듣건대 산 넘고 바다 건너 만리가 통하였네	聞說梯航萬里通
생각하니 만나지 못하고 서로 바라기는 간절해	想憶未逢相望切
아득히 푸른 구름과 나무는 석양에 걸렸네	蒼茫雲樹夕陽中
일찍이 서경에서 바삐 헤어진 것이 안타까운데	嘗恨西京告別忽
먼저 기쁘기로는 동해에 조수(潮水)가 통한다는 것	先欣東海得潮通
높이 읊으며 기둥에 달빛 비추는 것 우러러 보니	高吟仰見屋梁月
하룻밤의 맑은 모습 눈 속에 있구나	一夜清標在眼中

○ 창랑 공이 내가 신재에게 보낸 화답하여 주신 것을 감사하여 드림

뛰어난 재주에 붓을 던져 영주(瀛洲)를 사양하고	雄才投筆謝瀛洲
만 리 제후를 봉하여 호두(虎頭)[191]를 기약하네	萬里封侯期虎頭
갑 속의 용천(龍泉)은 별빛이 차갑고	匣裏龍泉星彩冷

맑은 이슬 낮에 떨어지니 해문(海門)의 가을이네　　清霜晝落海門秋

○ 순암(順庵) 사백과 자리의 여러 명사에게. 창랑

산에는 기자(杞梓)[192]가 많고 바다에는 구슬이 많아　山多杞梓海多珠

사물의 이치와 유래는 믿을 만하고 속이지 않네　　物理由來信不誣

자리 가득한 여러 공은 모두 뛰어나시니　　　　　滿座諸公皆俊逸

이 사람은 어찌 다행스럽게 이름 난 도성(都城)에 들었을까

　　　　　　　　　　　　　　　　　　此生何幸入名都

진택

굳센 붓이 잘못 떨어지니 빛나는 구슬을 뱉고　　健毫錯落吐驪珠

시를 읊어 귀신을 움직이니 누가 다시 속이리오　吟動鬼神誰復誣

오늘은 그대 때문에 민첩함을 보니　　　　　　今日因君看敏捷

절승 십년에 삼도부를 읊네　　　　　　　　　絶勝十載賦三都

○ 순암(順庵) 안우(案右)께 드림. 취허(翠虛)

이제 덕이 뛰어난 이를 만나 자지미(紫芝眉)[193]요　今逢德秀紫芝眉

---

191 호두(虎頭) : 호두연함(虎頭燕頷)의 준말. 중국 한(漢) 나라 반초(班超)의 상이 범의
　　머리에 제비턱이므로, 후(侯)로 봉해질 상이라고 하였는데, 과연 그 말대로 후일 후(侯)
　　에 봉해지게 되었음.
192 기자(杞梓) : 좋은 나무로 인재를 뜻함.
193 자지미(紫芝眉) : 미목이 청수하고 아름다움. 방관(房琯)이 원덕수(元德秀)를 볼 때

문채와 풍류는 한 시대를 뒤흔드네　　　　　文采風流擅一時
담담한 마음 흔쾌히 서로 비추니　　　　　　湛然方寸欣相照
마땅히 시단의 만수시(萬首詩)[194]라 부르리　宜唱騷壇萬首詩

○ 취허 공이 순암(順庵)의 운을 보여주어 화답하여 드림. 진택

담설(談屑)[195]은 뭉게뭉게 서로 눈썹을 치켜올리고　談屑霏霏各信眉
상방의 종이 울리니 이미 시간은 으슥하네　　　上方鐘漏已移時
즐거운 마음은 다하지 않아 문장에 나타나고　　歡心不盡文章色
자리에 가득한 귀한 분들의 백설 같은 시　　　滿座琳琅白雪詩

○ 순암 사안에게 감사하며. 반곡(盤谷) 드림

여러 제자 하도 많아 논하지 못하고　　　　　諸子紛紛不足論
영재는 적으나 많으나 그대의 문하에서 나왔네　英才多少出君門
그 사이 진택을 마땅히 먼저 손꼽으니　　　　其間震澤宜先數
서경을 다 뒤져도 몇 이나 있을까　　　　　　搜盡西京幾箇存
　　　　　　　　　　　　　　　　　　　　　임술년 8월 하순.

마다 감탄하며 이르기를, "저 보랏빛 영지같이 청수한 미목(眉目)을 대하면 그때마다 사
람으로 하여금 명리(名利)에 관한 마음이 싹 가시게 만든다네." 하였다고 함.

194 만수시(萬首詩) : 육방옹(陸放翁)이 일찍이 말하기를, "내가 17, 8세 때부터 시를 배
워서 지금 60년에 이르기까지 만 편의 시를 얻었다."한 데서 유래함.

195 담설(談屑) : 아름다운 말이 계속되는 것을 이르는 말. 아름다운 말이 마치 톱질을
할 때 톱밥이 끊임없이 이어지는 것과 같다 하여 붙여진 이름.

○ 반곡 이 공이 주신 바 순암의 운을 따라 드림. 진택

동쪽으로 와서 의(義)를 나누며 다시 거듭 논하니	東來交義更重論
문로(文路)가 길이 열리는 중묘(衆妙)[196]의 문일세	文路長開衆玅門
내일은 서쪽으로 돌아가니 머리 돌려 바라보고	明日西歸回首望
서울의 상서로운 기운은 바로 여기 있구나	江關紫氣正應存

○ 자리에서 급히 진택 안하에게 드림. 창랑(滄浪)

그대와 서로 바라보며 문득 시를 논하니	與君相見輒論詩
가장 아끼는 빛나는 재주 너무나 기이하네	最愛才華絶代奇
정든 곳 서경을 내일이면 떠나니	怡悵西京明日去
흰 눈이 소슬히 내리는 절에서 거듭 만날 수 있겠지	白雪蕭寺可重期

임술년 9월.

○ 창랑이 보여주신 운을 따라 드림. 진택

운람지(雲藍紙)[197]에 빛처럼 움직여 새로 시를 쓰니	雲藍光動寫新詩
종횡으로 변하는 모습 세속을 벗어난 기이함일세	變態縱橫出俗奇
물 흐르는 높은 산에 길은 천리	流水高山千里路
알아주는 벗을 만나 다행이니 종자기(鍾子期)를 기억하네	知音幸復憶鍾期

임술년 9월 상순.

---

196 중묘(衆妙) : 오만 가지 묘리(妙理)로서 즉 도(道)를 의미한 것.
197 운람지(雲藍紙) : 당나라의 단성식(段成式)이 구강(九江)에 있을 때 만들었던 종이.

○ 취허 성 공께 이별의 슬픔을 담아 드림. 진택

나그네 길 성긴 버들 오르지 못하고	驛程疎柳不堪攀
누군들 이별의 노래 부르는데 활짝 웃으리	誰唱離歌解別顔
높은 가락이 한 때는 흰 눈을 능멸하고	高調一時凌白雪
맑은 모습이 내일은 푸른 산 저 너머로	淸標明日隔靑山
떠도는 혼령은 멀리 들어 뜬 구름 밖이요	旅魂遙入浮雲外
나그네 눈물은 자주 적셔 해 지는 사이로다	客淚頻漓落照間
슬피 돌아가는 기러기를 바라보니 무한한 그리움	悵望歸鴻無限意
하늘 끝, 가고 머무는 이 더욱 서로 막히네	天涯去住轉相關

○ 붕명(鵬溟) 이 공의 이별의 마음을 붙여 드림

이제 손 놓고 가면	從玆分手去
가을 생각은 강문(江門)에 가득하네	秋思滿江門
같은 병에 같은 마음으로 어여삐 여기리니	同病憐同調
나라 다르고 말이 다른 것 안타까워라	異邦恨異言
흐린 등불에 외로운 여관의 눈물	疎燈孤館淚
비는 내려 새벽의 혼령이여	積雨五更魂
서경은 천리 남짓 길	西洛千餘里
어느 때 다시 만나 술잔을 대하리	何時重對罇

○ 창랑 홍 공 사단에 드림

사귐을 논하는 분위기가 난 향기를 다투고	論交臭味競蘭芬
붓을 놀리는 신선의 누대에는 구름이 흩어지네	落筆僊臺散彩雲
기운은 서경을 눌러 시상을 떠올리고	氣壓西京抽藻思
빛이 동벽을 나누어 힘찬 문장을 보네	光分東壁見遒文
푸른 바다에 파도를 헤치는 고래는 적이 없고	滄溟破浪鯨無敵
은하수 하늘에 서리를 무릅쓰는 붕새는 무리 짓지 않네	
	霄漢凌霜鵬不群
잘못 친구로 대접 받아 거문고를 받으니	謬辱知音貽綠綺
깊이 부끄러운 교주(膠柱)¹⁹⁸는 그대와 같지 않네	深慙膠柱未如君

○ 신재(愼齋) 안(安) 공에게 감사하며 이별의 마음을 담아 드림

모래톱의 기러기는 세찬 바람 맞는데 단풍잎은 지고	渚鴈風高楓葉殘
마음 속 기약은 도리어 스스로 더 드실 지 묻네	心期猶自問加餐
일찍이 소매 속에는 홍보(鴻寶)¹⁹⁹를 감춘 것 알고	嘗知袖裡藏鴻寶
감히 눈 속에 할관(鶡冠)²⁰⁰을 받아들인 것 기억하네	

---

198 교주(膠柱) : 교주고슬(膠柱鼓瑟)의 준말. 거문고의 기러기발을 아교로 붙여 놓아
   하나의 소리만 나오게 한다는 뜻으로, 변통할 줄을 모른 채 고지식하게 옛것을 답습하기
   만 하는 구태의연한 정사를 말함.

199 홍보(鴻寶) : 홍보서(鴻寶書)의 준말. 도술(道術)에 관한 서적을 말함. 한(漢) 나라 회
   남왕(淮南王) 안(安)이 베개 속에 남몰래 감춰두었던 홍보원비서(鴻寶苑祕書)로써, 보
   통 침중홍보(枕中鴻寶)라고 함.

200 할관(鶡冠) : 은거하기로 작정했음을 뜻함. 할관은 할새의 깃으로 꾸민 관을 이르는

敢憶眼中容鶡冠

만경의 맑은 가슴이요 봉해(蓬海) 드넓은데 　万頃淸襟蓬海濶

천추의 흰 눈 날려 후지산 봉우리 차다오 　千秋白雪富峰寒

이별하는 정자의 버드나무 저물녘에 서 있는데 　離亭楊柳天將暮

젓대를 불기 멈추니 갈 길은 험하구나 　橫笛休吹行路難

○ 동리(東里) 정(鄭) 공과 헤어지며

성북으로 성남으로 여러 곳 찾아다녔으리니 　城北城南感索群

매번 상서로운 기운을 보며 맑은 덕행에 읍(挹)하였네

每看紫氣挹淸芬

헤어지는 쓸쓸한 여관엔 근심 속에 달이 뜨고 　平分孤館愁中月

막힘없는 긴 강은 꿈속의 구름일세 　不隔長江夢裡雲

이역에서 다투어 보았거니 봉황의 그림자요 　異域爭看鳳凰影

높은 재주가 이미 비추어 두우(斗牛) 사이의 하늘이네

高才已映斗牛天

조용히 충심을 털어놓고자 하여 　從容欲攄罄衷曲

서경의 여관 문 앞에서 다시 그대를 기다리리 　西洛館頭更待君

○ 급히 진택 공에게. 월옹(月翁)

맑은 가을 밤 옛 절에서 　古寺淸秋夜

데, 옛날에 특히 은사(隱士)가 이 관을 썼기 때문에 이른 말임.

진택 공을 만나네	相逢震澤公
언제나 돌아서면 작별이요	依然旋作別
다시 제성(帝城)에서 만나길 기약하네	更約帝城中

○ 취허(翠虛) 공이 부채에 쓴 송별의 운을 따라 드림. 진택

따라다니길 모두 몇 일인가	追隨渾幾日
막역하기로는 내겐 홀로 공이라네	莫逆獨吾公
좋기로는 오랜 이별이 아니요	好是非長訣
이제 곧 옛 여관에서 맞으리	還迎舊館中

○ 급히 진택 공에게. 반곡

길손의 뜻은 이제 손을 놓고 헤어지나	客意今分手
나그네 근심 스스로 불평 않네	羈愁自不平
서경에서 서로 만나는 날	西京相遇日
시와 술로 다시 정을 나누기로 하세	詩酒更論情

진택

모였다 흩어지는 뜬 구름 사라지고	聚散浮雲盡
하늘과 땅은 안타깝게 평평하지 않네	乾坤恨不平
멀리 부는 바람 타고 남쪽으로 날아가는 기러기	長風南鴈外
슬피 바라보니 한번 정을 머금었네	悵望一含情

○ 부사 노호(鷺湖) 이 공 합하께 드림. 진택 야나기 코 배고(拜稿)

신선의 수레 타고 와서 앉으시니 예주궁(蘂珠宮)[201]이요

僊軒來坐蘂珠宮

봉관(鳳管)의 소리 높으니 누가 다시 이 같으랴　　鳳管調高誰復同

의로써 한결같이 막역하게 어여삐 여기시고　　義分一投憐莫逆

통역하자니 모두 전해 듣기 어려워도 안타까워 마시지요

譯音休恨儘難通

주머니 속의 금옥(金玉)은 봉산(蓬山)의 달이요　　囊中金玉蓬山月

붓 아래 구름 안개는 석목(析木)[202]의 바람이라　　筆底雲烟析木風

천년에 한 번 좋은 모임 오늘에야 만나니　　勝會千年逢此日

문장을 논하며 부끄럽기는 구몽(龜蒙)[203]에 미치지 못하는 것

論文愧不及龜蒙

둘째

청년 때 급제하여 궁궐에서 일하였고　　青年攀桂步蟾宮

이윽고 남겨진 경전을 모아 잘잘못을 가렸네　　遂采遺經鼇異同

만 리 길 배를 타고 장박망(張博望)을 꿈꾸었고　　萬里乘槎思博望

한 번 도를 가르치며 왕통(王通)[204]을 본받았네　　一時講道倣王通

201　예주궁(蘂珠宮) : 도가의 경전에 나오는 신선이 사는 궁전. 예궁(蘂宮)이라고도 함.
202　석목(析木) : 석목진(析木津)의 준말로 고려를 가리킴. 석목은 12성차(星次) 중의 하나인데, 십이지(十二支)의 인(寅)에 해당하여 동방인 우리나라와 요동 일대를 비춰 준다고 여겨졌음.
203　구몽(龜蒙) : 당나라 시인 육구몽(陸龜蒙).

일편단심 서쪽을 바라니 장안(長安)의 날이요　　　丹心西仰長安日

상서로운 기운 남쪽으로 옮겨 대도(大纛)²⁰⁵의 바람일세

　　　　　　　　　　　　　　　　　　紫氣南移大纛風

도리어 등용에 다시 길이 없음이 한스러워　　　還恨登龍更無路

그대로 하여금 어디에 쓰려 어리석음을 가르치는가 使君何用教阿蒙

　　　　　　　　　　　　　　　　　　임술년 10월 2일.

○ 취허(翠虛) 성(成) 공이 서쪽으로 돌아가매 연초를 드리며.

진택

연초는 어찌나 기이한 물건인지　　　　　　煙艸一何奇

본디 누가 시작하였는지 물어보네　　　　　原始問阿誰

신농씨는 일찍이 맛보지 못하였고　　　　　神農不曾嘗

동벽²⁰⁶도 드디어 알지 못하였네　　　　　東壁遂無知

천년 세월 적적하게　　　　　　　　　　　千載空寂寂

다만 남이에서 전하였다 말하네　　　　　　只言傳南夷

두루 퍼져 안팎으로 가득하여　　　　　　　滋蔓滿中外

어린 아이 늙은이 함께 즐기지　　　　　　　玩賞共翁兒

요즈음 오흥(吳興)²⁰⁷의 길손이 있어　　　　近有吳興客

---

204 왕통(王通) : 수(隋)나라 문제(文帝) 때 사람. 태평십이책(太平十二策)을 올렸으나
　　받아들여지지 않자, 황하와 분수 사이로 돌아와 1천여 명의 제자를 가르친 고사가 있음.

205 대도(大纛) : 당나라 때 군중에서 쓰던 큰 깃발. 친정군(親征軍)을 말함.

206 동벽(東壁) : 명(明) 나라 사람 이시진(李時珍)의 자. 곡물에 능통하였음.

207 오흥(吳興) : 조자앙(趙子昻).

동전(洞銓)이 금할 것을 논하네 　　　　洞銓論禁宜

장황하게 자랑하는데 　　　　張皇爲爾誇

내게는 조금씩 의심이 풀리네 　　　　於我稍釋疑

잔치를 베풀되 술과 과일을 대신하고 　　　　設宴代酒果

밭을 가는데 채소를 뽑아내네 　　　　耕圃拔茉葵

술은 사람을 어지럽게 하고 　　　　酒使人迷亂

과일은 사람을 다치게 하니 　　　　果使人傷疲

술과 과일은 비로소 권세를 빼앗기고 　　　　酒果始奪權

채소는 더러 때를 잃었네 　　　　茉葵或失時

한번 빠니 염치를 모르고 　　　　一吸不爲廉

백번 빠니 비천하지 않네 　　　　百吸不爲卑

천성은 가장 표독스러우니 　　　　天性最慓悍

맵고 떫어 턱을 다물게 하고 　　　　辣澁欲摺頤

가까이 하면 체증을 풀어주니 　　　　愛爾能散滯

소화가 되어 다시 고픈 배를 채워 주네 　　　　消飽復充飢

영남의 야자수와 　　　　嶺南檳榔子

좋은 짝이 되어 함께 할 수 있네 　　　　好逑可俱期

만약 미산(眉山)[208]의 노인을 만나거든 　　　　若遇眉山老

문득 헐뜯지는 않겠네 　　　　未必遽譏訾

밤마다 서쪽의 창가에서 　　　　夜夜西牎下

글 읽으며 고비(皐比)[209]에 앉으려니 　　　　唔咿坐皐比

---

208 미산(眉山) : 소씨(蘇氏) 삼부자의 고향.
209 고비(皐比) : 교사(教師). 고비는 호피(虎皮)인데, 옛날에는 스승이 학문을 강론할

자주 잠귀신이 찾아와	數有睡魔至
머리를 떨구게 하나	動使伏首癡
이 물건이 한번 입으로 들어가	此物一入口
번민을 떨치기를 마치 안개를 걷어가듯 하네	排悶若霧披
비록 그러나 축융(祝融)[210]을 도와	雖然助祝融
어두운 가운데 정백(精魄)이 풀리니	暗中精魄褫
몸 하나에 열두 맥이	一身十二脈
일시에 바삐 달리네	一時忽走馳
영위(榮衛)[211]는 상도(常度)가 있어	榮衛有常度
감히 피곤함을 감당하랴만	敢可堪憊衰
이로움과 해로움은 늘 반반이어서	利害常相半
취하고 버림은 기여이(其如台)[212]로다	取舍其如台
대갱(大羹)[213]은 계륵을 적게 쓰고	大羹薄雞肋
뛰어난 시는 밀비(密脾)를 중시하네	逸韻重密脾
아름다운 의란(猗蘭)의 줄기여	猗猗猗蘭芥
깊은 골짜기에 얼마나 무성한지	幽谷何葳蕤
꽃봉오리를 머금어 덕형(德馨)을 기르고	含英毓德馨
호익(胡益) 밝디 밝게 피어나네	胡益揚華滋
정정한 고개 마루 소나무는	亭亭嶺上松

때 모두 호피를 깔고 앉았었으므로 교사의 뜻으로 쓰임.

210 축융(祝融) : 화신(火神)으로 남방(南方)과 여름철을 맡았다 함.

211 영위(榮衛) : 한의학 용어로, 영(榮)은 혈(血)의 순환, 위(衛)는 기(氣)의 순환을 뜻함.

212 기여이(其如台) : 그 나에게 어찌하랴? 《서경》 탕서(湯誓)에 보임.

213 대갱(大羹) : 조미료를 가하지 않은 육즙(肉汁)을 말함.

천년 추위를 무릅쓴 모습	千年凌寒姿
숨어 사는 이는 군자와 더불어	幽人與君子
오래도록 훈지(塤篪)[214]를 맺었네	耐久結塤篪
생각에는 원지(遠志)가 없는데	想渠無遠志
소초(小艸)로 반자(班資)를 헤아리네[215]	小艸計班資
어찌 석진(席珍)에 오를 수 있으며	豈足登席珍
누가 냉이처럼 달다 하겠는가	誰言甘如薺
조선의 성 학사는	朝鮮成學士
사신의 일로 동해 물가를 따라 왔는데	奉使東海湄
한번 보매 정성을 다하였고	一面推丹忱
다시 만나니 백미(白眉)를 우러르네	再逢仰白眉
난봉이 단혈(丹穴)에서 날고	鸞鳳翔丹宂
한번 우니 함지(咸池) 가운데로다	一鳴中咸池
제비와 참새는 방유에 오르나	燕雀上枋楡
어찌 감히 서로 따르리오	安敢相追隨
오동나무는 천 길이나 굳세니	梧桐千仞岡
그 그늘 한켠에 가지 하나를 빌렸네	餘蔭假一枝
지저귀는 소리 스스로 헤아리지 못하나	啁啾不自量
펄떡거리며 뛰는 모습은 잠시 살핀다네	踊躍聊暫窺

---

214 훈지(塤篪) : 질나팔과 저로, 형제 사이를 말함.

215 생각에는 …… 헤아리네 : 원지(遠志)는 원대한 뜻과 소초(小艸) 곧 애기풀의 두 뜻이 있고, 소초는 애기풀과 자기의 겸칭 두 뜻이 있음. 이를 교묘히 합하여, 나 같은 이는 큰 뜻이 없이 그저 소박하게 살아가고 있음을 나타내는 표현임. 반자(班資)는 지위와 봉록.

어렵사리 만났으나 시간은 손가락 튀기는 사이에 있고　萍遇在彈指

사신이 탄 수레에는 기름칠을 마쳤네　星軺將載脂

삭풍은 옷소매에 불고　朔風邐衣袂

밝은 달은 하늘 끝에 가득하네　明月滿天涯

무엇으로 작약을 대신하리오　以何代芍藥

다행히 연초가 있구나　幸有煙艸貽

그대가 좋아하시는지 알지 못하나　不知君嗜否

어머니와 헤어진 슬픔 조금이나마 위로하려 하네　姑茲慰仳離

그대가 아름다운 이름을 얻어　之子有佳名

정성스러운 마음으로 이에 청하노라　微意請事斯

이역의 하늘 끝에서　異域天一角

운수(雲樹)²¹⁶에 다시 또 생각하는 마음일 뿐　雲樹更相思

임술년 10월 상순

○ 귀국하는 반곡(盤谷) 이(李) 공을 보내며. 진택

종이 위의 구름 안개는 아름다운 시의 나머지　紙上雲煙寶唾餘

아리따운 태도가 이 또한 어떤가　靄然態度且何如

눈 속에서 엎드리고 쳐다봄은 천추의 기운이요　眼中俯仰千秋氣

가슴 밑바닥에 이리저리 만 권의 책이로다　胸底縱橫萬卷書

---

216 운수(雲樹) : 멀리 떨어진 친척과 벗을 생각하는 간절한 심경을 표현한 말. 두보(杜甫)가 이백(李白)을 생각하며 "위수 북쪽은 봄날의 나무, 장강 동쪽은 해 지는 구름[渭北春天樹 江東日暮雲]"이라고 한 데에서 비롯된 것.

과거에 급제한 꽃다운 나이에 자부(紫府)에 들고　　攀桂英年登紫府

사신의 배 타고 큰 바다 건너 화거(華裾)를 이끌었도다

　　　　　　　　　　　　　　　　　　　　乘槎大海引華裾

먼 하늘 한번 이별에 거듭 만나기 어려우니　　　　長天一別難重會

더불어 놀던 생각나시거든 기러기며 물고기에게 부치세

　　　　　　　　　　　　　　　　　　　　相憶祇憑寄鴈魚

○ 귀국하는 창랑(滄浪) 홍(洪) 공을 보내며. 진택

삭풍은 쌀쌀히 깃발을 휘날리는데　　　　　　　朔風剪剪拂旌旗

고삐를 잡고 읊으며 가노라니 말은 더디네　　　攬轡吟行匹馬暹

시와 부는 다정하여 마른 풀이라도 가련히 여겨　詩賦多情憐腐草

달빛에 흥겨워 경지(瓊枝)²¹⁷를 생각하네　　　　月花高興憶瓊枝

마음을 알아 흐르는 물에 삼조(三調)²¹⁸를 타고　　心知流水琴三調

세상사는 뜬구름이라 술 한 잔일세　　　　　　世事浮雲酒一巵

누가 일렀으리, 하늘 끝 서로 신통치 않아　　　誰謂天涯共無賴

바람 안개 만 리에 휘장을 떼어내네²¹⁹　　　　　風煙万里傍褰帷

---

217 경지(瓊枝) : 옥수(玉樹)와 같은 말로, 재질이 우수한 인재를 비유하는 말.

218 삼조(三調) : 한대(漢代)의 악부인 상화가(相和歌)의 평조(平調), 청조(清調), 슬조
(瑟調)의 합칭으로, 청상삼조(清商三調)라고도 함.

219 떼어 낸 휘장 : 백성을 직접 대면하고 보살피려는 방백의 성의를 가리키는 말. 후한
(後漢) 가종(賈琮)이 기주 자사(冀州刺史)가 되었을 때, 방백은 모름지기 멀리 보고 널리
들으면서 미악(美惡)을 규찰해야 한다면서 수레의 휘장을 벗기도록 한 고사가 전함.

○ 귀국하는 신재(愼齋) 안(安) 공을 보내며. 진택 야나기 코(柳剛)

성인 공자님 여러 제자를 논할 때	孔聖論諸子
말씀으로 금하는 것 없었네	語言不必禁
그대는 세치 혀를 가지고	將君三寸舌
두 나라의 마음을 통하게 할 수 있었네	能達兩國心
경운(景運)으로 천지를 열고	景運開天地
은혜로운 파도가 고인 물을 덮었네	恩波被蹄涔
만약 월상(越裳)²²⁰이 이른다면	若有越裳至
나는 통역관의 임무를 맡겠네	庸委象胥任
푸른 역사는 푸른색의 등불이요	青史青燈色
흰 눈썹은 흰 눈을 읊네	白眉白雪吟
맑은 이야기가 편옥(片玉)처럼 내리니	清談霏片玉
온화한 기운은 가슴에 넘치네	和氣溢沖襟
우아한 예법을 두루 마련하여 고요하니	嫺禮周旋靜
겸손하여 조심스러움이 깊도다	鳴謙警省深
타국에서 무엇 염려하시는가	殊方何用慮
사해(四海)가 곧 친구인 것을	四海是知音
호량(濠梁)²²¹의 즐거움을 다하지 못하니	未罄濠梁樂
어찌 대규(戴逵)가 왕희지를 찾아옴을 이루랴	寧成王戴尋

---

220 월상(越裳) : 월남 남부에 있던 나라. 주공에게 공물을 바쳤음.

221 호량(濠梁) : 장자(莊子)가 친구인 혜시(惠施)와 더불어 물고기의 즐거움[魚之樂]
 에 대해서 서로 토론을 벌인 이른바 '호량(濠梁)의 대화'가 《장자》 추수(秋水)에 실려
 있음.

서풍은 하늘 끝에서 일어나고	西風起天末
남쪽 기러기는 산음(山陰)을 지나네	南鴈過山陰
고삐 잡고 말을 재촉하며	攬轡催驪駒
시를 읊어 소금(素琴)²²²을 대신하네	哦詩代素琴
다시 만날 길 마땅히 없어	再會應無路
만 리가 상상(商參)처럼 떨어지네	万里隔商參

임진년 10월 상순

○ 반곡(盤谷) 공이 헤어지며 국담(菊潭)에게 준 시를 감사하며.

진택

다음 만남 다시 있을지 알기 어려우나	後會知難再
은근한 마음으로 버들가지를 어루만지네	慇懃攀柳枝
강물은 흘러 쉬지 않으니	淀河流不息
밤새 이 생각 저 생각	日夜使人思

○ 진택에게 드린 운을 따라. 창랑거사(滄浪居士)

사람을 알아보니 얼마나 다행인가, 맑은 향기에 젖는데

識荊何幸挹清芬

---

222 소금(素琴) : 무현금(無絃琴). 도잠(陶潛)이 음성(音聲)은 알지 못하면서 소금(素琴)
한 장(張)을 가지고 있는데 줄이 없었으나, 매양 술과 쾌적한 일이 있으면 문득 어루만져
희롱하여 그 뜻을 붙였음.

사부(詞賦)는 크게 기이하여 자운(子雲)[223]과 같네　詞賦雄奇似子雲

천 리 길 에도에 명을 받아 가니　千里江關乃命駕

술 한 잔 따르며 여관에서 문장을 논하였네　一樽賓館細論文

용문에서 기다리니 벼락 치며 내리는 비　龍門次待興雷雨

기북(冀北)은 마침내 말떼를 비게 하네[224]　冀北終能空馬羣

나를 알아주는 일 예로부터 얻기 어렵고　知己古來求未易

이방에서 그대를 만날 줄 누가 생각이나 했으리　異邦誰料得吾君

임술년 9월

○ 자리에서 본디 운을 이어 창랑 사안에게 답함. 진택

글을 지으매 욱은 풀처럼 향기를 뱉으니　擿藻芊眠吐苾芬

시단 천년에 기운(機雲)[225]을 보네　騷壇千載見機雲

산호(珊瑚)의 갈고리 위에 정녕 글을 쳐드니　珊瑚鉤上寧提挈

앵무부(鸚鵡賦) 이루어 누구의 아름다운 글인가　鸚鵡賦成誰屬文

동해로 친구를 찾으니 사랑은 같고　東海尋盟愛同調

---

223 자운(子雲) : 양자운(楊子雲). 전한(前漢)의 유학자. 《태현경(太玄經)》·《양자법언
(楊子法言)》 등의 저서가 있음.

224 기북(冀北)은……하네 : 기북은 준마가 많이 생산되는 지역인데, 한유의 〈송온처사
부하양군서(送溫處士赴河陽軍序)〉에 "백락이 기북의 들판을 한번 지나가자 말들의 그
림자가 보이지 않게 되었다.[伯樂一過冀北之野 而馬群遂空]"라는 유명한 말이 나옴.

225 기운(機雲) : 진(晉)나라의 저명한 문학가인 육기(陸機)와 육운(陸雲) 형제를 말함.
그들이 함께 낙양(洛陽)에 들어가서 사공(司空)으로 있던 장화(張華)를 찾아가자, 장화
가 한 번 보고는 기특하게 여겨 명사(名士)로 대접하면서 제공(諸公)에게 천거했던 고사
가 있음.

삭풍에 옷소매를 잡고 이별을 안타까워하네   朔風把袂恨離羣

문득 떠올리니 한 가지에 봄 오는 소식이요   一枝忽憶春來信

다시 무엇으로 그대에게 알릴까 모르겠네   不識因何更報君

임술년 9월

和韓唱酬集 二

和韓唱酬集 二之一
《西京筆語》前。

○《奉稟成學士李進士二公閣下》

"海陸千重, 西東萬里, 餘暑未艾, 新涼尚微, 跋涉衝冒, 辛苦多狀。天扶斯文, 台候動履休暢, 誠兩邦之福也。謹茲拜賀。"

○《復》成翠虛。

"涉盡重溟, 幸免疾疢, 經此貴都, 獲接雅儀, 傾蓋如舊, 欣喜無任。此地將淹數日, 可得渾渾耶?"

○《稟》柳震澤。

"春間既聞文斾東指, 懸懸延頸西望, 願早接光霽, 親陪御李也。今乃渥荷汪度, 深承涵教, 夙志頓足矣。不佞幸居儐館之側, 自是而後, 旦夕繼見, 屢侍教右。"

○《又稟》

"駐節之際, 若有所需, 傾倒告之。蚊力之所及, 聊以適盛意。"

○《復》成翠虛。

"今又蒙示, 慰謝集幷, 還深未安, 末端之教際, 此初晤不必煩控, 當謝從容耳。"

○《奉呈震澤詞案》漢洲居士 鵬溟稿。

爲愛風標拔俗流，《陽春》先奏郢中樓。皇都自古多佳麗，莫惜聯襟辨勝遊。壬秋上浣。

"此地素稱佳麗，湖山風月之勝。若許遊觀，遂平生之志矣。"

○《稟》柳震澤。

"弊邦豎儒，謬蒙盻睞，感戢無涯。盛什雲流，霞燦不量，詩道凋廢之後，復聞韶濩之音也。謹捧瑤韻，以布謝悰，非敢欲敝帚之沽，將以受成風之斤。冀痛加繩墨。"

仙槎遙涉碧瀛流，風月多情照玉樓。此日盍簪談何竭，一雙白璧得清遊。壬戌中秋奉復。

○《謹呈震澤高案》成翠虛。

琵琶湖上占清遊，水月襟懷第一流。洛下相逢其有數，不妨談笑瀉羈愁。壬戌仲秋。

"方對芝眉，肘掣事，故未得穩討，俟後更面爲妙妙。"

○《稟》柳震澤。

"自馬島到是，紀行篇什有幾哉。凡人出郊百里，則褊衷之士，胸次曠然，吞雲夢八九，況公涉大洋，經遠程? 江山之助，風雲之護，戀闕思鄉之情，擊柂攬轡之興，入椽筆中者，皆奚囊珠玉矣。古人讀破萬卷書，行盡萬里路，以爲奇於二公，寔尋常咄嗟之事耳。博望、龍門輩，退舍而待焉。今復莊誦高韻，不堪感悚，率爾和答，豈謂償明月哉? 敬畏。閬風玄圃未曾遊，上界仙曹共上流，莫謂異邦親友少，一天華月慰離愁。尊羔余未聞，倉卒來此，調護自嗇。尊公幾年登第，以何等語爲題耶? 今幾歲? 蓬蒿之士，雖不足稱姓名於簪纓之下，不先告之而問之, 恐近于不恭。不佞, 姓源, 氏柳川, 名剛, 字用中, 自號震澤, 本近江州人, 州有大湖故稱焉。示不忘桑梓也。"

○《復》李鵬溟。

"卽於逢場, 雖欲穩打, 而方有三使相案前所幹事, 未果焉。更伺閑隙, 可得相敍耳。僕等俱以詩賦登科, 成翠虛, 卽丙午榜, 李鵬溟戊[1]午榜也。"

○《稟》柳震澤。

"詩賦以何爲題耶? 願聞一二。貴邦與中朝, 壤地相接, 冠蓋相臨, 洪永以來, 多受中朝詔勅, 則科擧之法, 由彼制耶? 抑別有國制而然哉?"

李鵬溟

"詩題,《五色官袍當舞衣》; 賦題,《爇香祈才》。"

成翠虛

"詩題,《白雪何人許更裁》; 賦題,《諦觀九功舞》。科式一遵中朝。"

○《稟》柳震澤。

"題目至難, 誰敢窺閫域哉? 公掇巍科, 如承蜩所謂盤根錯節, 愈見利器者也歟! 萍水相遇, 千載一時, 何思立談之間, 執知己之交也? 古人謂'一宵佳話, 愈讀十年異書', 僕何幸獲之也? 星軺始稅, 甋席未煖, 過客魚貫, 雜務蝟集, 矧邦言不同, 兩情不悉通, 爲可恨耳。今聞有正使大人之命, 而忽忽告別, 淹留之間, 有暇報于左右, 可復來話耳。"

○《復》成翠虛。

"今以正使招命, 忽忽入去, 未得從容。當俟後日, 討盡底蘊。明日

---

1 "戊": 底本에는 "戌"로 되어 있으나 용례에 따라 "戊"로 고침。

勝遊處, 可許否? 終日壯遊遍題, 爲願公, 作西都主人如何?"

○《奉呈成學士李進士二公榻下》柳震澤。

摳衣候館識荊韓, 不料論交禮數寬。殊界西東元萬里, 一家風月倚闌干。文才氣燄壓歐韓, 方寸由來天地寬。還恨相逢猶未熟, 星軺復指武江干。

○《走次以呈震澤詞案》成翠虛走艸。

月一槎從古三韓, 歷盡扶桑碧海寬。忽遇高人披麗藻, 還驚紫氣斗牛干。【各別格。】

健筆雄詞敵柳、韓, 胸襟磈磊意壇寬。清凝夜燭癯仙鶴, 詞氣還如怒野干。

○《奉謝震澤案下》鵬溟奉稿。

星槎萬里自東韓, 隨處湖山客袍寬。回首故園雲樹隔, 掛衣何日臥江干。

○《疊謝》

東指扶桑可隔韓, 逢秋羈抱若爲寬。憑軒四顧乾坤外, 匣裏龍泉氣上干。

○《禀》震澤。

"始接清眄, 忽獲交歡, 感豁無涯。翩翩儀鳳下瀛洲, 憩翼姑遊若木頭, 快覩爭先昭代瑞, 願將詔奏復千秋。愼齋 安公梧下。"

○《走次瓊韻以冀斤正》愼齋走稿。

夢遶三山與十洲, 清遊已接地窮頭。如人始聽陽春曲, 絕調鏗鏘響素秋。

"不佞在本國之日, 聞得高名如雷灌耳。今接丰儀, 可慰斗望, 第緣匆卒, 未克穩敍, 是庸歉歉也已。"

《滄浪筆語》

○《稟》柳震澤。

"昨年始承荊識, 雜賓雲集, 雖未得從容, 目擊道存, 則何不解襟袍哉? 僕自傍窺之佝, 汗漿沽脊, 滿堂鬱燠, 爐焉蒸人, 公獨歸然, 不改貌, 是知曲裏白雪盈繭, 則淸風栩栩, 生于十指之間者也。陶徵士所謂身有餘勞, 心有常閑, 寔公之謂也已。且問昨日詞場, 入彀中者, 爲誰耶?"

○《又稟》

"曩者, 所諭三宅道達, 僕之忘年之交也。自幼志學, 硏窮有年矣。與其母兄元孝, 共有過人之名, 乃翁、元菴, 往年與貴國朴進士螺山, 筆話唱酬, 螺山稱其異才, 頃年致仕, 於泉南城外作亭, 自名醉樂, 屬余作記, 故彌堅久要。疇昔自大坂報价云, 與公有傾蓋之雅矣。於僕殊荷盛意, 多幸多謝。"

○《謹復》洪滄浪。

"在大坂日, 因遜宇昆季, 獲聞足下盛名, 已知其奇才, 今見果然, 遜宇不我欺也。遜宇爲其大人, 求醉樂亭詩, 勤懇不已, 不佞不獲已書, 贈八絶, 然蕪拙不足觀已。午間, 見足下寄愼齋詩, 次韻以呈, 想未徹矣。且昨日諸公皆奇才, 非不佞所可品評也。"

○《走筆呈滄浪洪公案下》震澤。

鰈域詞臣當代雄, 玉堂抽筆氣如虹。文光萬丈衝牛斗, 琪樹(火)開碧海東。壬戌秋八月。

○《走次震澤公惠韻》滄浪謹稿。

清標洒落氣豪雄，健筆如椽吐彩虹。却恨逢場歡未洽，驛程明日向關東。壬戌仲秋。

○《稟》震澤。

欽誦高篇，誠清廟之完奏也。雄健捷敏，應溫八叉之流亞矣。東行發靷，已在明曉，僕亦有師命，明午赴東都，則雖暫分手，再晤有期。天涯交義，冀共逍遙于筆墨之間，未知許否。

○《復》滄浪。

"情誼藹然，足見愛人之心，逍遙筆硯間，固所願也。請從公後。吾詩何能及公言耶? 對客論詩，我自樂，此不爲疲也。"

○《稟》震澤。

"公以不才而居，是自謂之遜也耳，卽今見公，走筆疾書，雖古之豪傑，可懼者，何異哉。如余，擊布鼓于雷門，奏蛙鳴于龍宮，惟供嘔噦之資耳。滿座客跡，僕且神羸氣倦，伏想，公之至壓困。東都榮旋，再會以紓款衷。"

○《復》滄浪。

"有事當去。"

○《稟》震澤。

"東都再會。"

《西京筆語》後。

○《稟》翠虛。

"久別之餘，忽遇清儀，不勝忻抃。"

○《復》震澤。

“東都鞅掌之中, 雖會晤昕夕, 彼此羈縻, 竟不能修容于賓戺之傍, 把臂展眉, 深領淸誨。倐爾分袂, 詹企之思, 未嘗一日不廑也。忽接懿範, 伊鬱顧除, 斯地淹留, 猶將三數日, 則瓊琚(玉+瑛)瑊, 應酬于騷壇之下, 以再結千載一遇之奇緣矣。第恨趣裝伊邇, 焚膏繼晷, 纔是轉盻之間耳。仙凡一隔, 沈鱗弱羽, 無復再會之期, 不堪惘然之至。”

○《禀》翠虛。

“來時順菴公, 贐桐花紙二百葉, 又於臨分, 送以語一章, 而小說去忽擾中, 不如次送也。到西京之日, 不忘步, 付於門人柳也。奇送風便, 再三丁寧之意告示, 今明間, 當作續貂之音也。若有的便, 幸須爲余卽傳如何?”

○《禀》盤谷。

“吾亦然。”

○《復》震澤。

“垂諭悉承。頃日順菴投書僕云, 東都良會, 誠一生之盛事, 纔得莂識, 便推心置人腹中, 域雖限南北, 情無隔參商。淸風明月, 永矢勿諼, 獨恨征鑣頻發, 未皇款對, 耿耿罣念, 徒賴海潮之信耳。嚮者, 所奉餞送俚什, 倘賜嗣音, 速以傳之, 千萬積悃, 爲余慇懃致意焉。高和脫稿, 請旦夕達之。”

○《禀》翠虛。

“我國, 以母之同生男子爲舅, 貴國亦然否?”

○《復》震澤。

“正是。”

○《稟》震澤。

"順菴有季子, 名寅亮, 號菊潭, 自幼好學, 孳孳不怠。近歲在僕塾中, 課其業, 將就相續, 鳳毛之美, 庶乎不失也。嘗聽明公之抵此都, 望之, 不啻鄉雲列宿, 而袖裏有刺, 御季無由, 僕敢爲之先容。嚮已語于小山翁, 不知徹乎左右否。伏冀阮眼爲一靑, 則彼宿昔欽慕之願, (口+答)然氷釋矣。若夫牛溲馬渤, 甄收之藥籠中, 遂非棄物, 此直在乎明公一展手之間耳。彼何不仰哉? 僕何不薦哉?"

○《稟》翠虛。

"東都塡篋, 實是古今不易得之事, 不佞幸執桴鼓, 叨戰於其間, 稍展驥步於亨衢。獲覩順菴公宗匠之大手, 復見明公之英才, 傍對林整宇之博識, 藤士峰之宏製, 何其幸哉? 今聞菊潭公之妙年奇才, 亦出於公之門下云, 始知培養人才之盛, 擅於一世。深賀深賀。"

○《復》震澤。

"明公嘗以幣邦, 稱人才藪澤。嗚呼! 蕞爾彈丸, 何能至此? 而若所謂二三諸公, 誠一世之領袖, 而縉紳之砥柱矣。而明公眷愛之餘, 以僕雜擧於其間, 誰敢言其倫也乎? 若菊潭, 當時寓僕塾中, 課書屬文, 乃非負笈撞鐘者之流也。儻許造詣, 明日携手而來矣。"

○《稟》翠虛。

"僕在東都之日, 忽遇長門州書記山田熙, 其人年才十六, 能詩能筆, 酬唱頗多, 將有千里駒之氣像。今聞菊潭之英才, 十七旣凤成云, 貴邦人才蔚興, 將繼風雅, 爲之抃喜。菊潭公從容相逢, 大望後日, 山田氏爲余一見, 爲傳此語。"

○《復》震澤。

"所懇一愜鄙懷, 戴德寔重, 然則以盛意, 夙達于菊潭, 菊潭抃舞, 不覺倒裳而至也。所諭山田熙, 僕素知之, 惠敏脫穎, 頗翩翩于藝林之間。今聞東都, 偶抵記曹, 有酬唱之雅。僕亦爲之怡然, 他日相逢, 必以告高敎。"

○《稟》震澤。

"菊潭始謁光範, 重荷鼎言, 於僕感謝無已。敢請所呈小詩, 便賜點竄。玉成之美, 惟明公亮之。"

○《稟》翠虛。

"前對未程, 迨今悵歎, 此又枉訪, 誠極幸之中, 千萬意表。順菴公玉胤公隨至, 如遇順菴學士, 風標凜然, 可謂稱家, 爲之忻賀。"

○《稟》震澤。

"黃口輩卒爾冒嚴聽, 謬蒙推轂, 銘感次骨。乃若僕, 取其糖粃, 而簸揚之, 盛眷之垕, 何堪跋踏哉? 順菴聞之情, 傾鼇戴。"

○《復》翠虛。

"昨日旅館, 帶來菊潭, 以做半日淸談, 卽實欣暢, 今又枉訪, 以作遠別, 深幸萬萬。偶聞順菴公千里不忘, 且送贐物云, 時未受授, 而聞來其厚載深情, 誠極別嘉尙。當作書作詩, 以報弗諼之意也。"

○《稟》震澤。

"向者, 菊潭始挹芝眉, 歸來倿倿誇人, 愛之及屋烏, 鳴謝安能吐中臧, 順菴所呈文房一友, 早晚之間, 當憑小山氏而達, 公須推去焉。不腆贐儀, 惟察其衷悰, 毋終遐棄。嗚呼! 快心之事, 常不可多得也, 快心之友, 常不可多覯也。僕之遇明公, 異域同心, 萬里一席, 臭味相合, 杜詩所謂, 披豁對君眞者, 非耶? 僕何人? 往者始執謁于西京中, 乃經千里, 尋盟于東都, 今卽退竢于舊館, 數亦奇哉! 弊邦士大夫, 通刺相見者, 何限? 而或一面, 或再晤, 未有若僕, 薰染前後, 甄陶左右者也。聚散無定, 時日難留, 一別之後, 風馬牛不相及也。豫思之黯然銷魂耳。"

○《復》翠虛

別時, 只停數日, 深切悵缺之懷, 未前或可更對拚別否。

○《稟》震澤。

"杳杳天涯人, 脈脈天涯語, 依依天涯情。落木蕭條, 過鴈到樓, 河梁千古之淚, 無往非離別可憐之狀, 片帆萬里, 再會何時。人非木石, 能不爲之斷腸也哉。發軔之際, 堂上門前出迎, 必爲面訣, 言念高誼, 心旌搖搖, 曷勝戀切, 借雲作紙, 汲海濡毫, 寧能寫此別恨, 盡哉!"

《盤谷筆語》

○《稟》盤谷。

"此接青眼, 喜不可言。"

○《復》震澤。

"渴慕丰神, 實如隔燕秦, 愁腸日幾回, 再躡清塵, 極增愉快。公在東都云, 痰喘爲祟, 不知無佗否。食少事煩, 心勞體疲, 古人之所戒, 海陸歸程, 猶未及半, 宜順時珍攝。僕聞之, 少思以養神, 少言以養氣, 蓋無事之時, 尚如此, 況有病之中乎。然後服藥施治, 病魔雖點也。當霍然去體矣。"

○《又稟》

"公嘗言, 贈九篇詩, 推尋夤緣尙未達, 敢請再揮巨筆, 以賜之, 榮出于意表。"

○《復》盤谷。

“已忘却矣。當以他詩留別耳。向者，公紀行詩，則我當藏歸篋笥，欲作他日顔面耳。”

○《稟》震澤。

“百尺樓中人，手攀星辰，足蹈雲煙，下覷塵寰，豈翅蟻垤否乎。若俚什，何足以充客篋之中矣？僊館甲廚，不藏鸞脯鳳胎，獨取虱腦蟣肝，賢者洵不可測矣。方流有珠，圓流有玉，胸次貯詩源，當酌焉不竭。貴恙有間，請賜芳和。”

○《又稟》

“順菴居父母喪，三年絶酒肉，不近聲色，旣如告翠虛公。僕幼喪父，及漸長喪母，其儀一從順菴之所行焉。”

○《復》盤谷。

“至矣，誠孝之出天也。是謂有自來矣。”

《滄浪筆語》

○《稟》滄浪。

“別後無恙否。順菴詩及足下詩，皆已次韻，今當淨書以呈，而閨禁頗嚴，如足下之徒，不得任意出入云，未知因何而傳送耶？”

○《復》震澤。

“東都暌隔之後，瞻仰逾不忘，蓋公瑾醇醪，醉人者深矣。偶承高和，已屬稿，當憑小山氏而送，渠不敢濡滯也。”

○《稟》滄浪。

“昨者，尊大人寄僕，以硯匣，感荷曷喻。已作書付朝三，未知其果，不免浮沈也。”

○《復》震澤。

"碩匣既徹于左右, 欣喜無涯, 物則輕, 而意則重, 倘資清玩, 萬里慰藉, 可知其爲耐久朋也。若謝書, 當託朝三, 顧早晚之間, 入僕之手, 不然則渠直傳之東都, 莫敢勞軫念。"

○《稟》滄浪。

"僕到大坂城, 作別章, 幷序以寄, 而馬嶋之人, 多方阻截故, 傳達未必, 可恨。"

○《稟》同。

"已告于老爺, 將招見君矣。"【以上二條, 發軔孔迫, 座無筆硯, 滄浪自內書片楮, 似之故無答語。】

先是, 朴同知、安判事, 以譯傳三使之意故, 滄浪之言, 如是。

○《稟》滄浪。

"老爺, 欲次足下之詩韻, 以贈似, 在大坂之後耳。俺到大坂後, 足下或有因人書問之事耶?"【不及答語, 如前條, 此已見使君之後也。】

《後西京與朝鮮醫官鄭東里筆語》【問柳震澤, 答鄭東里。】

一問: "此二竹何名? 且貴壤有之耶?"

一答: "此爲何? 弊邦有竹數種, 其葉廣挾不同耳。"

一問: "我國以是爲淡竹, 不知是否?"

一答: "淡竹對苦竹而爲文, 苦竹之外, 皆可入藥用。"

一問: "然則卽今所示, 非淡竹乎?"【東里掉頭。】

一問: "我國以此爲苦竹, 如何?"

一答: "淡竹者, 弊邦用綿竹, 其竹無長竿。只叢生而葉廣。如無綿竹葉, 則諸竹皆可用, 而唯苦竹不入藥用, 苦竹者, 烏竹也。”

一問：“貴邦取竹瀝, 用何竹耶? 其名狀, 願詳垂敎諭。凡藥物少誤用, 則非但無益于病, 而殺人, 利於鈇鉞矣。是以僕喋喋問之耳。治裝冗劇, 僕所親見而及此, 恐已至於壓倦。然此會終不可再焉, 則更請暫留坐, 以告底蘊。是乃仁術之一端也。且問綿竹、烏竹, 形狀僕未喩矣。公抵弊邦, 其道途所經, 頗見之耶?”

一答：“綿竹路傍多見之。丘陵上, 叢生而無長竿, 其高不過一尺者, 是也。用葉則用綿竹葉, 取瀝則用大竹, 而烏竹則其竿黑者, 是也。”

一問：“然則綿竹, 如是書樣者乎? 蓋篠之類也。”

一答：“我國名綿竹。”

一問：“儻少有異同, 則公亦寫其形, 示之。僕以爲他日明證。”

一問: "陶弘景謂: '竹類多, 入藥用, 簞竹次淡竹、苦竹, 惟實中竹、篁竹, 于藥無用。' 蘇頌曰: '南人用苦竹, 燒瀝惟用淡竹一品。' 由此觀之, 苦竹非必不入藥用, 而淡竹最可者也。諸家本草, 又皆貴淡竹, 則公說誠當矣。良荷, 良荷。"

一問: "疇昔, 雖承垂諭, 鄙意猶有未會者矣。此兩種實, 非淡、苦竹耶?"

一答: "大竹類也。"

一問: "取瀝用此, 不亦妨乎?"

一答: "大竹好, 而此竹亦用之耳。"

一問: "此綿竹否?"【示洛陽所用之粽簎。】

一答: "是。"

一問: "青鹽真贋, 何以辨之? 貴邦產之耶?"

一答: "青鹽我國無有, 而見之。已多若見其物, 辨之, 何難也?"

一問: "此行囊中, 有所携來耶?"

一答: "行中只貴救急藥, 故無之。此地眼科藥多用之, 青鹽必有好品也。"

一問: "此我國藥肆, 所賣青鹽也。不知真否。"

一答: "真偽雖不能知, 而非中華所通用者。青鹽其色如藍, 甚鮮。"

一問: "辟蠹用芸, 貴壤有之乎? 其形狀如何?"

一答: "芸香者, 杜詩註, 菖蒲根, 晒末者也。蒲者, 水菖蒲也。"

【此時, 學士成翠虛, 在座書曰: "示物, 幣邦國家及士大夫家, 往往用於書帙之間。"】

一問: "水菖蒲, 有大小二種, 不知何物是耶? 願審聞之。"

一答: "大而香者, 是也。"【此時, 以園庭所裁, 小葉菖蒲示之, 東里折莖嗅之, 掉頭。】

一問: "我國石菖蒲, 是也."【又掉頭.】

一答: "石菖蒲者, 其葉圓形, 似楓葉而大, 如小兒掌. 此則水蒲之類, 而差短臭異, 斷非石菖蒲也."

一問: "非芸乎?"【以洛俗端午, 所夾簷之菖蒲, 示之.】

一答: "水菖蒲也."

一問【鄭】: "此處有我國人所撰醫林撮要否?

一答【柳】: "嘗聞其名, 未見其書也. 凡貴國書在幣邦者, 不知幾許, 而余亦有皇甫之癖, 旁求遍探, 閱之. 頗顆若撮要, 則非吾儒之急務, 是以, 未遑尋問耳.

一問【鄭】: "公非業醫, 何問竹品?

一答【柳】: "晋 戴凱之著竹譜, 凡六十一種. 彼雖非顓業醫者, 而於竹汲汲如是, 後世學者, 又復爲之, 潤色發戴氏之所未品, 何必醫士獨論竹也哉? 所謂多識鳥獸草木之名, 皆學者之事也. 雖然若今所問, 有人託僕, 而致意者也. 更莫訝焉."

一問【柳】: "沈括[2]筆談曰: '辟蠹用芸, 今七里香, 葉類豌豆叢生, 秋間微白, 如粉污.' 由此說, 則公之所謂水菖蒲者, 決非一物. 李東壁曰: '山礬有七里、棧、柘、瑒、春桂諸名.' 僕嘗觀胡應麟《筆叢》, 有言曰: '山礬者瑒花, 春開而曾直, 易名者也. 梔子者, 夏開六出, 簷蔔也.' 方密之亦謂: '山礬俗名棧花, 木高數尺, 凌冬不凋, 花白未開時似木犀, 開時香穠, 號七里香, 有千葉者.' 僕按此我國之梔子, 而花有前後不同, 則難强以名焉. 瓊花、玉蕊、山礬、梔子, 四物同異, 古今縉紳之論紛紛, 未見至當之說, 不知. 公嘗有考證乎? 一曰芸草, 即七里香也, 山谷謂之: '山礬非楓膠香也.' 僕於是乎愈惑焉. 敢問何如?"

---

2 "括": 底本에는 "活"로 되어 있으나, 인명에 따라 "括"로 고침.

一答【鄭】："凡物之難辨者，甚多，本不欲解故，瓊花、玉蕊、山礬，曾未考出，而至於梔子，則當時藥用者，可不辨之哉？《本草》曰：'染黃梔子，不堪入藥用，蓋山梔有六稜而小，染色者五稜而大。'故我國有梔子，而皆是染梔，不入藥用求之。於中華，而用之矣。"

一問【柳】："胡應麟又曰：'梔子染黃以花，而山礬染黃以葉。'此果何說也？蓋風土遠隔，古今異宜耳。"

《前西京鄭東里筆語》

○《稟》震澤。

"鯨海遙隔，鯤壑高連，長程萬里，酷暑逼人，道候佳勝。抵茲都，不勝欣暢之至。"

○《復》東里。

"長風破浪，得達蓬島，幸接儇姿，大慰平生。跋涉之勞，何足道哉？"

○《稟》震澤。

"豪氣憐宗慤，公寔非尋常比儔之所擬也。未知有萬里壯遊之雅什否。倘許電矚，以遂素衷。"

《又稟》

"不佞，自懸弧以來，屢脆𦨃㛂，躬不勝衣。然猶不甚成害，及至弱冠，疾病交侵，動至危篤。珍嗇調護，漸復舊狀，近歲偶患疝積，纏綿起伏，至今不愈。本月之初，忽感蒸暑，胸腹率痛，鍼藥之所攻，雖稍得快驗，氣宇未平，寢食殆減。尪羸若此鷄骨，才支床，其證候一如書別幅。古之善醫者，以濟物惠人爲心。故雖道路造次之際，猶爲趜診治，況不佞傾蓋，如舊辱託至亘，不以副拳拳之望乎？更冀仁者，不忍葉我，敢似上池之靈方，曷勝慰浣？"

○《復》東里。

"才術迂拙, 雖無起死之方, 診脉投藥, 固是醫人職分之事。不敢多辭, 而文詞蔑如意, 有可謄之書乎? 診公之脈, 聞公之病, 脈症不相反, 雖些小之苦, 不足爲慮第, 疝氣與塊症, 似是一源之症, 盖寒氣、積聚之所爲也。遇夏則重, 遇冬則歇者, 果如所謂陰陽在中之說也, 而將護之道, 亦因寒熱不愼之故也。大槩形神羸脆, 脉度亦甚微弱, 峻補之劑, 不可不服。醫學正傳, 咳嗽門瓊玉膏, 連服數劑, 未知如何?"

○《稟》震澤。

"過荷盛睠, 似以妙劑, 未動匕匙, 頓覺周體之爽快。寶鏡之所照, 二竪將惴惴逃避。若夫守敎, 獲安痊, 乃噓枯 而肉骨之也。橘井餘潤, 曷堪衔結哉!"

和韓唱酬集 二之二
《東都筆語》【以下筆語, 諸子多同坐, 故次序不齊。】

○《稟》震澤。

"脩途無恙。文斾到此, 欣抃曷極, 義當蚤候動定, 僕亦卸鞍未幾。塵鞅絲棼, 報應相左, 皎然風度, 常在眼矣。公亦訝僕之晏也耶? 疏慢之愆, 不能自文也。"

○《復》翠虛。

"炎程免恙, 幸得抵此, 知荷盛眷。頃奉大文字, 困於老炎趁, 未奉答, 從後修辭丕計。"

○《稟》震澤。

"本月十二日, 路過遠州濱松。羈亭耿耿不寐, 適憶公之事, 呼二三子,累談西京會晤之盛, 悵然開戶, 望天之一方, 斜漢橫山, 落月掛軒, 因又誦滿屋梁, 照顏色之句, 遂援筆作一書, 囑主人曰: '他日有某公過此, 必以爲我致焉.' 夜將參半, 驪駒嘶門, 僕夫俟著, 是以忙手塗抹, 不敢慼小匠, 而弄斧般門, 謬蒙不棄, 抑且覺腐草之生光也. 目今紛冗, 公已有倦勞之色, 異日當約尊暇, 永宵跋燭, 以竭別來之睠睠耳."

○《又稟》

"僕先諸公四日, 狗馬之疾, 加以驛程, 因儃之勞, 纔保軀殼, 以抵此都, 是幸而免也. 第所過, 名山大川, 古蹟芳躅, 不能審訪遍題, 以償壯遊之美, 與輿子馬夫瞥眼揭來者, 何異矣? 公歷路篇什, 幾盈錦囊, 倘許劉覽, 一以法公高裁, 一以除僕遺憾."

○《復》盤谷.

"鄙人亦有夙恙, 近來添劇, 滿目詩材, 終無一吟一咏耳."

○《稟》震澤.

"僕肩輿中, 有遇興若干, 異日携稿而來, 惠而好我, 莫敢蕲斤和."

○《復》盤谷.

"頃者, 次呈小詩九篇矣, 得照否?"

震澤.

"未徹矣. 不知因阿誰而傳乎?"

盤谷.

"憑愼齋而送矣. 尙未傳送云, 尊須推呈, 如何?"

震澤.

"疇昔, 訪愼齋時, 在三使相之前, 未得相逢. 他日, 當崟价投書探討焉. 愼齋役役職事, 不遑退食, 豈忍以私義, 非意干之哉?"

盤谷.

“所懷一承。昨與<u>野鶴</u>相逢, 語及尊邊, 則<u>鶴山</u>與公相親云然耶? 尊
於此地, 有强近族屬否。今何處在?”

<u>震澤</u>。

“罜念悃愊, 寔足觀君子愛人之篤矣。僕幼喪怙恃, 素無昆季之倫,
形影相憐, 萍捜西東, 殆謬住著, 所謂乾坤一腐儒, 未能免去國離家,
見白雲之恨也。如今寓師塾, 去此才二三里也爾。今朝, 謁<u>滄浪</u>公, 公
亦云頃逢<u>鶴山</u>, 語及僕雕篆之事, 惡兔葵燕麥, 何足以加杞梓豫章之傍
哉? 抑其欲以是, 獎僕奮然研精, 其到於此耶? 只恐人以諸公, 爲有失
言之過, 不敢當, 不敢當。”

<u>震澤</u>。

“僕此行欲避信使故, 刻日兼程, 戴星而出, 戴星而入, 風雨瘴嵐, 不
敢以厭, 艱險多少, 備嘗矣。既抵茲地, 忽劇旦夕, 來往應酬, 未遑安
席。矧水土不服, 忽得痢疾, 痛楚累困, 一二日, 雖稍得快驗, 羸瘦如
此, 精神特衰。是以, 雖繫心不錯, 而久缺候問耳。重九前後, 將返旆
西京, 因欲以一面叙別, 倉卒至于斯矣。敢問無佗否?”

<u>翠虛</u>。

“見公之形容憔悴, 意以爲魔病所腦, 此奉先示, 始知公之美疢近苦
云, 不勝驚歎之至。遇聞返旆<u>西京</u>孔邇云, 而委此叙別而枉訪, 實是深
感深感。”

<u>震澤</u>。

“聖賢之言, 蓋不得已也。蘊之于心, 行之于身, 是理自明, 是事自
隨, 而爲言語爲文章, 則一字半句, 無不咸當于道也。故言寡而要多,
理明而文達。若夫常人, 徒從事于觚翰之末, 雕繢飾裝, 未嘗知浚之
源, 培之根。是以, 其言常百千萬言, 而求其要則幾希。<u>韓文公</u>起八代
之衰, 稱一世之雄, 所見甚高。然猶有卻倒學了, 因學入之評。若僕,

謏劣廉豪, 心旣暗, 身未修, 事理蔽塞, 無所取裁, 則其發于言成于文, 何有可見者哉? 敢請何以敎之? 且問唐宋八大家, 古今評駁, 各自相持。公宏才實學, 眼高一世, 足以訂千古之是非, 願聞公之所取舍。"

翠虛。

"示意, 實是末世之所不聞。今承切磋之論, 敢不吐悉, 陳其管見哉。俺之素所瓣香敬服者, 於唐韓柳, 於宋歐蘇, 而八家中, 荊公之文, 雖似精刻, 暗於正大, 南豐之文鈌, 而俺生平不甚好。至於老蘇, 偏尙雄渾, 穎濱之合體和粹, 雖無千變萬化之氣, 抑歐、蘇之次也。"

震澤。

"文章之於六經, 不可尙也已。泰漢以後, 世有作者, 而學之者, 或一家, 或諸家, 至其自出機杼, 各有所得手矣。耳食目論, 互相詆諆, 壘壁堅聳, 屹不相下。若或有鴻匠碩才, 出于其間, 樹之幟, 則蚕蚕然, 低頭下拜, 終倒前徒之戈。是以, 一時之軒輊已不明, 而身後之玄黃, 亦不息矣。古人之學古人也, 文則左國史漢, 詩則陶謝李杜, 兼綜而互出之, 而爲其古人者, 自在矣。今人之學古人也, 呑剝尋撦, 吽牙齟齒, 求其爲今人者, 而無有也, 而叨爭壇墠, 而絜短長哉。吁何其陋也, 何其誖也。夷考實, 平心論之, 庶乎其摘發指趣, 而洗刷眉宇。古云, 韓如海, 蘇如潮, 又改曰, 蘇如海, 後學雷同, 間爲蘇氏左袒。公知愛之深, 敢揭適從, 以歸昏曚, 何賜若此? 惟恨器宇鈍澁, 不能叶指敎矣。"

翠虛。

"朱文公, 師延平李先生, 有評云, 韓如海, 柳如江, 歐如瀾, 蘇如潮也。而今見書示, 蘇如海, 應見誤刊之冊, 可歎之。古人, 以東坡, 爲三蘇之傑出者, 文如行雲流水, 變態百出之故也。"

震澤。

"蘇如海, 全非坊刻之誤, 近世張居世, 抄東坡文, 著宇宙第一文字, 此其序中所論也。朱子嘗評坡文曰，坡之言曰，吾所謂文者，必與道俱，則是文自文，而道自道，待作文時，旋去討箇道，來入放裏面，此是他大病處。蓋道者文之根本，文者道之枝葉，唯其根本乎道，所以發之於文，皆道也。所謂有德者，必有言，是皆從滿腔中寫出，何往非道矣哉？若乃文章體裁，變化波瀾，二氏各有所長，而韓文規模濶大，終過于蘇氏也。”

盤谷。

“卽宇宙文芒之冊，而乃類抄也。”

震澤。

“文芒何人作也？”

盤谷。

“諸子百家中，文字類抄也。”

震澤。

“公抵幣邦，唱酬士大夫，凡幾人？而其間或有俊逸才耶？”

盤谷。

“馬島有小山，西京有吾公，東都則鶴山、整宇，可謂大家。其餘諸子，或不無英發者，而不記其名耳。”

震澤。

“所諭整宇、鶴山，共以才學鳴于世，若僕腹毳背毛，無當六翮，存不爲多，去不爲少者，何與諸公並論哉？今公以二公稱大家，抑有見其文耶？”

盤谷。

“二人之文，未得見之耳。”

震澤。

“然則公之所見，乃唱酬之詩也。”

盤谷。

"以詩稱大家耳。"

震澤。

"僕文，膚庸勦襲，醜態百出，自知不足其齒，藝苑之傍也。更垂善誘，曲賜提持，以下頂門一針。夙夜傾心，如此而已。"

盤谷。

"公之文，則非凡流俗士所比。旣無餘蘊，更有何論?"

震澤。

"嚮者所告，紀行鄙什一卷。今呈干左右，冀頗加郢政，不惜暗投報我明月也。公以沾沾嗜痂，敢忘固陋耳。"

盤谷。

"到西京，當次呈。"

震澤。

"風雨如晦，闍禁數促，俄玆辭去管城之功，終不若譯氏之通快也。千古快快之事，豈過此哉?"

○《稟》翠虛。

"夕間電逢，不勝悵然。今又再訪，深謝深謝。"

○《復》震澤。

"時及昏暮，闍吏促人，忽忽歸去，是以不得慫慂耳。恐諸公以不敬罪僕也。公至弊邦，水陸累月，唱和之什，殆溢卷(袠)，孰其公之所靑顧者。"

翠虛。

"渡海以後到馬島，自馬島到東都，千有餘里，酬唱羣儒，幾到百餘人。以英才隨處如林，未能的知，其某人爲魁，某人爲上。大凡貴國，人材之藪澤, 令人可賀之。"

震澤。

"聞公頃日, 與整宇、鶴山, 酬和數四, 不知文星之聚, 有何光輝。"

翠虛。

"整宇、鶴山二公, 皆以才學鳴於一世, 旣知其淵源, 所自深洸而無涯, 可謂翰苑之鴻匠也。不當優劣於其間, 可也。"

震澤。

"天之生才, 非然異也, 而栽者培之, 傾者覆之。才者懸于天, 學者由于人, 人惟不學, 故才從而暗然, 則學問之道, 一日不可已也。若整宇諸公, 才華卓犖, 螢雪磨勵, 其平常有大過人者, 況家富青箱, 加以父師之訓, 何不成之有哉?"

震澤。

"公在西京云, 贈僕雅什一篇, 僕發邁孔逼, 未暇推去, 忽忙抵此。公若記得, 乃別書賜之。"

滄浪。

"曾因安公, 以寄之, 其未達耶?"

震澤。

"未徹矣。不知何詩?"

滄浪。

"其時, 足下有寄安公詩, 僕用其韻。足下若出示其韻, 則僕當記得矣。"

震澤。

"僕邂逅安公, 其詩用洲頭秋三字。"

滄浪。

"其時, 率爾之作, 終不記得, 可歎。"

震澤。

"今願依其韻礎, 別搆一篇否。是亦風流之一事矣。不必尋討前詩也。"

【滄浪席上有詩。】

盤谷。

"歷路之唱和者多矣, 佳者頗少, 惟足下之詩, 清新精鍊, 甚有作者句法, 其可貴也。卽今, 匆卒特甚, 和之未易, 從當精搆並序, 携去西京, 其時, 幸足下來問之。"

盤谷。

"事多忽卒, 一如滄浪意, 可歎。"

翠虛。

"朝者, 因便宜, 呈續貂之二首矣。未知領照否?"

震澤。

"未落手也。憑誰而傳耶? 若西京所賜兩篇, 旣領收。趙璧隋珠, 貧兒暴富, 墨渝紙弊, 何敢釋之? 鄙什不足效響, 聊謝盛敎, 腐辭腥語, 轉作大羹玄酒。正在于明公一斤之中耳, 更冀照察。公語意, 極遜讓, 惡是何言也。蓋作者有金心, 閱者有碧眼, 然後規矩整然定矣。王奉常曰:'平原曠野, 利用長矛, 若乃巉險阻隘, 則莫如短兵。'便寧獨戰法? 卽操觚者, 亦有之。爾朱榮八千, 破葛榮百萬, 朞置瓦散, 由此觀之, 凡事之大小修短, 各有所宜, 何必以一律論之哉? 公雖以短文小詩數退遜, 而僕猶有敬服焉者, 而況不爲僕下者乎? 健羨健羨。"

○《奉呈朝鮮通信正使東山尹公閣下》震澤 柳剛拜稿。

聯翩雙鳳下扶桑, 文彩風流誰鴈行。陸海、潘江終淺狹, 壓元倒白自張皇。清談筆底懸河水, 妙思胸中含國香。還恨客氈猶未暖, 秋風征斾促嚴裝。壬戌仲秋下浣。

○《退次前日投贈韻錄似雪溪柳斯文詞案》東山稿。

嘗怪荊吳兩女桑, 喜今冠蓋列顏行。乘槎星漢思張子, 驅石滄津笑始皇。已識貴邦詞翰盛, 更聞佳士姓名香。篋中藏得瓊琚什, 絕勝千金越橐裝。壬戌重陽。

○《次原韻奉謝東山公閤下》震澤 柳剛。

奉使寧思陌上桑, 鹿鳴宴罷示周行。範疇傳道隨箕聖, 帶礪修盟頌漢皇。仙府風高琪樹麗, 官醴春暖鬱金香。明珠萬斛家藏句, 何又孫謀在越裝。【此王僧孺之事, 與上篇越橐異也。】

○《奉呈副使鷺湖李公閤下》柳剛謹稿。

萬里颷輪銜命來, 照人丰采淨無埃。甲科曾掇通經策, 輿論均歸專對才。願逐下塵承謦欬, 好陪高賞定敲推。莫言博望獨專美, 司馬文章誰復裁。

○《奉呈從事竹菴朴公閤下》柳剛謹稿。

重熙景運海天東, 鰈域使臣復杳通。健翮摩雲看儀鳳, 清標絕代識文雄。夢廻金馬玉堂下, 思在冰壺秋月中。自是乾坤發生面, 高吟莫惜伴雕蟲。

○《奉呈翠虛成公詞案三首》柳剛謹稿。

雞林文物久聞知, 此日衣冠勝昔時。獻策廟庭承渥寵, 奪魁場屋中宏辭。新持海上皇華節, 始覯風前玉樹姿。賓館從容聊莫訝, 一朝傾蓋自心期。

○《其二》

龍門一日荷殊知, 聘禮重修金盛時。學極淵源入精義, 詩成珠玉見英辭。棄繻敢辱從軍志, 執御難隨畎畝姿。文斾倥傯又東指, 歸程爲約豁襟期。

　○《奉呈鵬溟李公詞壇》

　磊落胸襟宇宙寬，薰人和氣總如蘭。能將道義耕心地，敢使鬼神歸筆端。鵲抵崑岡春雪響，蚌生滄海夜光寒。丹墀一屬三千字，攀桂曾登多士冠。

　○《奉呈愼齋安公梧右》

　海內具膽泰斗名，文旌到處冀郊迎。衣冠典度隨周禮，道德講論原孔情。明月囊中長照夜，春風筆下忽生英。《三都賦》就幾經歲，未聽滿城紙價輕。

　○《次疇昔示韻奉謝鵬溟公吟壇五首》

　渾渾詩派浚源流，思在仙家百尺樓。南國光華還此地，子長未必优君遊。

　《其二》

　雄辨倒懸三峽流，胸中萬卷築書樓。壞蟲不識鵠鵬志，一夜飛揚汗漫遊。

　《其三》

　天緣幸假接名流，自笑背山吾起樓。曲裏《陽春》振綠綺，何誇年小五陵遊？

　《其四》

　中心玉瓚擁黃流，赤手誰攀五鳳樓。鰈域、燕京才一葦，留題曾是記清遊。

　《其五》

　由來涇渭異分流，俯仰重重十二樓。邦憲他年儻相許，漢槎一棹作遨遊。

《次謝翠虛公辱示韻》蓬洲居士 柳用中稿。

何必迢迢五嶽遊? 文波共瀉鴨江流。高歌一関行雲遏, 多病相如不解愁。

《其二》

丹臺空廓自天遊, 世事應憐逐水流。落日西山雲欲盡, 秋風遠客不禁愁。

《其三》

靑年賜宴曲江遊, 揮翰雲烟寶唾流。囊裡夜光東海月, 淸霜秋半鬼神愁。

《其四》

錦帆萬里海東遊, 到處江山竦勝流。聚散萍踪無幾日, 一分爲喜一分愁。

《其五》

翰墨場中自在遊, 曾聞碧水上頭流。英才卓絶逢明主, 平子因何賦四愁?

"公忠愛容人, 未必遽附之瓵醬, 只恐取笑于傍人, 續貂之訾, 不能免也。雖然得隴望蜀, 僕非無意焉。伏冀明公垂諒于格套之外。震澤稿。"

翠虛復書云: "不佞恒在困頓之中, 未能效子産、叔向之縞苧之報, 只將一首俚語, 答其萬一。"云云。故五言古詩及此詩, 無和答。

○《奉呈海月成公詞案》震澤 柳剛走稿。

成公其何人? 濟楚自俁俁。筆鋒驅龍蛇, 詩源卷風雨。不肯斷時流, 師古共洄洐。英華故芬郁, 含咀閱四部。荊棘久蕪蔓, 劇斫闢一路。絶力回風雅, 孤音奏韶濩。大家手段別, 天機無緟組。裁看天半雪, 碣石海中柱。養浩屹不動, 漱芬嗑不吐。我始一披誦, 藹藹多態度。肝膽欲爲破,耳目忽愕顧。神駿騰渥洼，快鵬搏閬圃。開胸星宿爛，鼓舌椒蘭炷。屈、宋終衙官，楊、馬誠行伍。豈不羨逸才？千鈞繫一縷。眇焉滄海粟，學語似鸚鵡。景運啓人文，奚論居瘠土。中原四方尊，周禮盡在魯。吾道無念古，吾才惟莽鹵。撫膺長嘆息，靧面鴨水滸。壯士勃不已，列營懸强弩。靈槎鯷壑來，潮信通環堵。倒裳趨賓館，輾然諧良晤。風味飲醇酎，禮數共古處。感激宜銘鏤，踰衆獲獎詡。無那塵羈劇，過客動接武。所以咫尺間，攀附遂不屢。心以詩筒傳，酒滿金罍苦。四海本弟兄，誰呵佛罵祖？仙凡隔天淵，萍水敷肺腑。景慕勤企踵，先撿金蘭簿。萬里山川色，越橐都空窶。定知奚擔富，憐我姑謄取。君本雞林人，文已國中沽。東來搏桑下，紙價忽泰膴。披霧望蔚藍，脩月假仙斧。腹中五經笥，身入群玉府。自慙蠡測海，何異羊攻虎？立談寔卞璧，歡悰溢眉宇。論文賤膠漆，投心憐水乳。使乎能嫺禮，專對誰敢侮。稠疊飫玄提，安復素麟脯？賞應歌鹿鳴，干役異杕杜。千載玆一時，一別悔何補？筆語代鞮言，蒹葭依玉樹。忘分贈赫蹏，勿怪使旁午。壬戌仲秋上浣。

○《次謝震澤案下》漢洲居士 鵬溟走稿。

逆旅光陰逐水流，鄉愁落日獨登樓。浮生百歲渾如寄，宜孰淸樽辨勝遊。金沙一境帶江流，中有招提百尺樓。特地風煙未闌興，來時還復與君遊。松窗寂寞秋螢流，漸覺新凉生石樓。惆悵明朝分手後，一樽何日續淸遊。雲海茫茫天際流，望鄉時復上高樓。乾坤歲晏秋經暑，夜夜家山夢裡遊。萬里長江滾滾流，洲邊多少聳危樓。西京素是繁華地，動得平生此壯遊。

《又呈一絶以資撫掌》

愛君詩酒擅風流，尋我慇懃到寺樓。他日容顔憑底物，一篇留與記同遊。

○《壬戌秋八月上浣再賡前韻奉謝鵬溟公記曹》震澤稿。

彩鷁秋飛大海流, 天晴縹渺吐層樓。長庚元是乘鯨客, 破浪今還賦遠遊。

《其二》

卓識竑才涉九流, 學山誰復望岑樓。縶維安得白駒永, 藝苑詞場執御遊?

《其三》

任城城外帶濟流, 李賀敢同臨酒樓。一斗杯乾還自若, 百篇猶笑昔年遊。

《其四》

琳宮夜靜月華流, 涼氣秋生水近樓。偏想共隨仙客後, 乘風長作廣寒遊。

《其五》

秋入郊墟大火流, 西風一鴈過南樓。憐君萬里鄉關外, 悵望歸心幾度遊?

《次末端一絶約東遊再晤》

提携連日愛時流, 一別應知懶下樓。莫謂天涯雲樹隔, 東關千里續陪遊。壬戌仲秋六日。

○《奉謝蓬洲》

聞說青年學順庵, 講磨儒術刮罌壘。欲知方寸昭明處, 霽月清風印碧潭。

右澤師。

紫極宮中彩鳳凰, 下看三島過扶桑。仙郎忽剪雲間翼, 化作清風到客堂。

右謝扇。朝鮮通信製述官成翠虛書於西京寓中。

○《奉和翠虛公示韻》震澤。

聖學宗傳仰晦庵，懸空何必說優曇。天心高掛仲尼月，萬古明明滿綠潭。

右西京次韻。

西洛曾逢古佛庵，千年風月看虞曇。綵毫秋動雲烟影，百丈龍蛇起紫潭。

文車暫憩海東庵，再會奇逢優鉢曇。多謝詩人餘論及，交情深似百花潭。

右東都次韻再答。

《次謝贈扇韻》

筆飛紙上舞鸞凰，日出賦成知姓桑。一別天涯何處會，豫將明月贈華堂。

○《奉呈東里鄭公丹鼎下》震澤 柳剛稿。

讀盡岐黃幾卷書，一匙再造九還餘。煙霞泉石非吾事，性地心田猶病諸。壬戌仲秋下浣。

○《次謝震澤公辱示韻》東里散人奉稿。

多君滿腹有詩書，妙歲高名白業餘。昨對清標今麗什，塋如胸次照方諸。故園西望斷鴻書，身在扶桑方里餘。這裏忽逢高士話，卻忘羈旅送居諸。壬戌仲秋。

○《奉謝東里鄭公高和》震澤具艸。

雛城嘗受一封書，一卷一舒心有餘。他日天涯更分首，錦囊什襲要藏諸。

《其二》

奴婢莘莘俱讀書, 鄭家舊學楚波餘。喬遷萬里青雲客, 聲價由來絕沽諸。壬戌仲秋下浣。

○《奉次玉韻以呈雪溪詞几下》藏六軒。

遠從星使到茲洲, 青眼相逢海上頭。晋筆唐詩兼一手, 如君才是不凡流。

"紛匆之中, 敢此效顰, 而鄙俚此甚, 媿悚媿悚。"

○《奉謝愼齊公辱和韻》雪溪居士艸。

姓字爭傳海外洲, 金門射策占鰲頭。安尋洙、泗淵源遠, 浸漬隨君汲下流?

"珠璣琨璧, 燦爛滿楮, 鄙人得之, 若暴富, 不勝冰競。敬次前韻, 以謝左右, 敢非擬瓊報也。壬戌仲秋下浣。"

○《奉寄震澤詞案要斤和》滄浪稿。

西京作別劇忽忽, 千里相思夢寐通。惆悵今來君不見, 秖應俱在一城中。壬戌仲秋下浣。

○《奉謝滄浪公示韻》震澤艸。

王程早暮去匆匆, 聞說梯航萬里通。想憶未逢相望切, 蒼茫雲樹夕陽中。

嘗恨西京告別忽, 先欣東海得潮通。高吟仰見屋梁月, 一夜清標在眼中。

○《奉謝滄浪公被和余寄愼齋之詩》

雄才投筆謝瀛洲, 萬里封侯期虎頭。匣裏龍泉星彩冷, 清霜畫落海門秋。

○《奉呈順庵詞伯兼示席上諸名士》滄浪。

山多杞梓海多珠，物理由來信不誣。滿座諸公皆後逸，此生何幸入名都？

震澤。

建毫錯落吐驪珠，吟動鬼神誰復誣。今日因君看敏捷，絶勝十載賦三都。

○《奉和翠虛公見示順庵韻》震澤。

談屑霏霏各信眉，上方鐘漏已移時。歡心不盡文章色，滿座琳琅《白雪》詩。

○《和謝順庵詞案》盤谷奉。

諸子紛紛不足論，英才多少出君門。其間震澤宜先數，搜盡西京幾箇存。壬戌仲秋下浣。

○《奉呈盤谷李公所贈順庵之韻》震澤。

東來交義更重論，文路長開衆玅門。明日西歸回首望，江關紫氣正應存。

○《席上走呈震澤案下》滄浪。

與君相見輒論詩，最愛才華絶代奇。怡悵西京明日去，白雪蕭寺可重期。壬戌菊秋。

○《奉呈滄浪辱示韻》震澤。

雲藍光動寫新詩，變態縱橫出俗奇。流水高山千里路，知音幸復憶鐘期。壬戌季秋上浣。

○《奉呈翠虛成公攄留別之微忱》震澤。

驛程疎柳不堪攀，誰唱離歌解別顏？高調一時凌白雪，清標明日隔青山。旅魂遙入浮雲外, 客淚頻漓落照間。悵望歸鴻無限意, 天涯去住轉相關。

○《奉呈鵬溟李公寅留別之微衷》

從茲分手去, 秋思滿江門。同病憐同調, 異邦恨異言。疎燈孤館淚, 積雨五更魂。<u>西洛</u>千餘里, 何時重對罇?

○《奉呈滄浪洪公詞壇》

論交臭味競蘭芬, 落筆偓臺散彩雲。氣壓<u>西京</u>抽藻思, 光分東璧見遒文。滄溟破浪鯨無敵, 霄漢凌霜鶚不群。謬辱知音貽綠綺, 深慙膠柱未如君。

○《奉謝愼齋安公紓留別之鄙悰》

渚鴈風高楓葉殘, 心期猶自問加餐。嘗知袖裡藏鴻寶, 敢憶眼中容鵾冠。萬頃淸襟蓬海濶, 千秋白雪富峰寒。離亭楊柳天將暮, 橫笛休吹行路難。

○《留別東里鄭公》

城北城南感索群, 每看紫氣把淸芬。平分孤館愁中月, 不隔長江夢裡雲。異域爭看鳳凰影, 高才已映斗牛天。從容欲攄罄衷曲, <u>西洛</u>館頭更待君。

○《走贈震澤公》<u>月翁</u>。

古寺淸秋夜, 相逢<u>震澤</u>公。依然旋作別, 更約帝城中。

○《奉謝翠虛公書扇頭逆別之韻》<u>震澤</u>。

追隨渾幾日? 莫逆獨吾公。好是非長訣, 還迎舊館中。

○《走贈震澤公》<u>盤谷</u>。

客意今分手, 覊愁自不平。<u>西京</u>相遇日, 詩酒更論情。

震澤。

聚散浮雲盡, 乾坤恨不平。長風南鴈外, 悵望一含情。

○《奉呈副使鷺湖李公閤下》震澤 柳剛拜稿。

僊軺來坐蘂珠宮, 鳳管調箎誰復同。義分一投憐莫逆, 譯音休恨儘
難通。囊中金玉蓬山月, 筆底雲烟析木風。勝會千年逢此日, 論文愧
不及龜蒙。

《其二》

青年攀桂步蟾宮, 邃采遺經聱異同。萬里乘槎思博望, 一時講道倣
王通。丹心西仰長安日, 紫氣南移大鸊風。還恨登龍更無路, 使君何用
教阿蒙? 壬戌初冬二日。

○《奉送翠虛成公西歸贈煙艸》震澤。

煙艸一何奇, 原始問阿誰? 神農不曾嘗, 東壁邃無知。千載空寂寂, 只
言傳南夷。滋蔓滿中外, 玩賞共翁兒。近有吳興客, 洞銓論禁宜。張皇爲
爾誇, 於我稍釋疑。說宴代酒果, 耕圃拔茱葵。酒使人迷亂, 果使人傷疲
。酒果始奪權, 茱葵或失時。一吸不爲廉, 百吸不爲卑。天性最慓悍, 辣
澁欲摺頤。愛爾能散滯, 消飽復充飢。嶺南檳榔子, 好逑可俱期。若遇
眉山老, 未必遽讒訾。夜夜西牕下, 唔咿坐皐比。數有睡魔至, 動使伏首
癡。此物一入口, 排悶若霧披。雖然助祝融, 暗中精魄褫。一身十二脈,
一時忽走馳。榮衛有常度, 敢可堪儩衰。利害常相半, 取舍其如台。大
羹薄雞肋, 逸韻重密脾。猗猗猗蘭芥, 幽谷何葳蕤。含英毓德馨, 胡益揚
華滋。亭亭嶺上松, 千年凌寒姿。幽人與君子, 耐久結塤箎。想渠無遠
志, 小艸計班資。豈足登席珍? 誰言甘如薺? 朝鮮 成學士, 奉使東海湄。
一面推丹忱, 再逢仰白眉。鸞鳳翔丹宂, 一鳴中咸池。燕雀上枋楡, 安敢
相追隨。梧桐千仞岡, 餘蔭假一枝。喞啾不自量, 踊躍聊暫窺。萍遇在

彈指, 星軺將載脂。朔風邐衣袂, 明月滿天涯。以何代芎藥, 幸有煙艸貼。不知君嗜否, 姑玆慰此離。之子有佳名, 微意請事斯。異域天一角, 雲樹更相思。壬戌孟冬上浣。

○《送盤谷李公西歸》震澤。

紙上雲煙寶唾餘, 靄然態度且何如? 眼中俯仰千秋氣, 胸底縱橫萬卷書。攀桂英年登紫府, 乘槎大海引華裾。長天一別難重會, 相憶祗憑寄鴈魚。

○《奉送滄浪洪公西歸》震澤。

朔風剪剪拂旌旗, 攬轡吟行匹馬遲。詩賦多情憐腐草, 月花高興憶瓊枝。心知流水琴三調, 世事浮雲酒一卮。誰謂天涯共無賴? 風煙萬里傍褰帷。

○《奉送愼齋安公西歸》震澤 柳剛。

孔聖論諸子, 語言不必禁。將君三寸舌, 能達兩國心。景運開天地, 恩波被蹄涔。若有越裳至, 庸委象胥任。靑史靑燈色, 白眉白雪吟。淸談霏片玉, 和氣溢沖襟。嫺禮周旋靜, 鳴謙警省深。殊方何用慮? 四海是知音。未罄濠梁樂, 寧成王戴尋。西風起天末, 南鴈過山陰。攬轡催驪駒, 哦詩代素琴。再會應無路, 萬里隔商參。壬辰初冬上浣。

○《和謝盤谷公臨歧贈菊潭之韻》震澤。

後會知難再, 慇懃攀柳枝。淀河流不息, 日夜使人思。

○《奉次震澤贈韻》滄浪居士。

識荊何幸挹淸芬? 詞賦雄奇似子雲。千里江關乃命駕, 一樽賓館細論文。龍門次待興雷雨, 冀北終能空馬羣。知己古來求未易, 異邦誰料得吾君? 壬戌季秋。

○《席上再嗣原韻謝答滄浪詞案》震澤。

摛藻芋眠吐芯芬，騷壇千載見機雲。珊瑚鉤上寧提橐，鸚鵡賦成誰屬文。東海尋盟愛同調，朔風把袂恨離羣。一枝忽憶春來信，不識因何更報君？壬戌季秋。

【영인】

西京筆語　前

○奉稟

成　學士

李　進士　二公閣下

海陸千重西東萬里餘暑涼艾新涼　柳震澤

尚微

跋涉衝冒

辛苦多狀

天扶ケテ

斯ノ文ヲ

候動履休暢誠

西邦之福也謹茲拜
賀ス

○復

一波盡重溟幸免疾疢經此貴都獲接　成翠虚
雅儀傾蓋如舊欣喜無任此ノ地將淹數
日可得渾忘耶

○稟ス

春間既聞テ　柳震澤

文旆東指懸延頭西望顧早接
光霽親陪御李也今乃渥荷

汪度ヲ深ク承ク

涵教ヲ凤志頓ニ足リ矣不佞幸ニ居ニ償館ノ之

側ニ自ラ是而後旦夕ニ繼テ見ルヲ屢侍ニ

教ニ右

○又稟ス

駐節之際若シ有ス所需ハ傾倒ヲ此之蚊力ヲ

之昕ヲ及フ聊カ以テ適セ

盛意ニ

○復

令又タ蒙テ

成翠虛

宗ノ慰ノ謝 集ニ幷セ還ノ深ク 未タ安セ末ノ端ノ之

敎ノ際ハ此ニ 初シテ晤 不ニ必ス煩ヒ控セ當ニ謝シ從ヒ容ヲ耳

○奉ノ呈ス 漢洲居士鵬溟稿

震澤ノ 詞ノ案

寫愛風標抜俗流陽春先ッ奏郢中ノ樓

皇都自リ古多ノ佳麗莫ノ惜聯襟辨ノ勝遊

壬秋上浣

此ノ地素リ稱ス佳麗ト湖山風月ノ之ノ勝名

許ノ遊ノ觀遂ニ平生ノ之ノ志ヲ矣

○稟 柳震澤

弊邦ノ豎儒謬ッテ蒙ニ孔

眒睞ヲ感戦シテ無ヤ涯リ

盛什ノ雲流霞燦金ニ不ヤ量リ詩道凋廢之後

復ゝ聞カシク韶濩之音ヲ也謹捧テ瑤韻ヲ以テ布ク

謝惊ヲ非ス敢欲ヤ帰之沽將以受成ス

風之一斤ヲ冀痛ハ加縄墨ニ

仙槎遥渉碧瀛流風月多情照玉樓此ノ

日盡簪談何渇一雙ノ白璧得リ清遊ヲ

　　壬戌仲秋奉復

謹呈二

靈潯高案

成翠虛

琵琶湖上占清遊水月襟懷第一流洛

下相逢其有數不妨談笑瀉羈愁

壬戌仲秋

方對

芝眉肘掣事故未得穩討俟後更

面為妙

○稟　柳震澤

自馬島到是紀行篇什有幾哉凡人出

郊百里則編裒之士胸次曠然呑雲

閱風玄圃未ダ曾テ遊ハ

悚率爾和畬豈謂償明月哉敬設ケ

退舍而待々令復莊誦高韻不堪感

二十公定尋常咄嗟之事耳博望龍門ガ輩ラ

盡ツ萬里ノ路ヲ以ヲ為奇ト於

皆奚襄珠玉矣古人讀破萬卷書行キ

郷之情擊ナ枕攬轡之興入樣筆中者

闕思ヲ

公渉リ大洋ヲ經テ遠程ヲ江山之助ケ風雲之護戀

夢八九ヲ況ヤ

○復

稱レ烏示レ不レ忘桑梓也

自ラ號ス震澤本近江州人州ニ有大湖故ニ

不レ恭不レ侫姓ハ源氏柳川名剛字用中

贅縷之下ニ不レ先ッ告ヶ之而問レ之恐ス近レ于

歳蓬萬之士雖レ不レ足稱スニ姓名ヲ於

尊レ公幾ラ年登レ第以テ何レ等ノ語ヲ爲レ題ト今幾ノ

尊恙余未タ聞カ倉卒ニ來レ此ニ調護自レ嗇ヨ

天ノ華月慰スレ離愁ヲ

上ノ群仙曹共ニ上レ流莫レ謂レ異邦ニ親友少一

李鵬濱

郎チテ於テ逢ヒ場ニ雖ヘ欲ストスト穩ニ打而モ方ニ有テ

三使相ヒ案前ニ所以幹事未タ果ヲ爲更ニ伺フテ閑

隙ヲ可キ得相ヒ敍スヘキテ僕等俱ニ以テ詩賦ヲ登科ニ

成翠虚、即チ丙ト午ノ榜李鵬溟戍千ノ榜ヘ也

○稟

詩賦以テ何ヲ爲ヤ題ト耶顧ハ聞カン一一二ヲ

柳震澤

貴邦ト與ニ

中朝壤地相ヒ接シ

冠蓋相ヒ臨三

洪天以來カタ多ク受ク二

〔中〕朝

詔勅則科擧ノ之法由ヤ彼ノ制耶柳別有テ二

國制而黙哉

才ヲ

詩題、五邑ノ宮袍 當ニ舞衣ニ賦ノ題 藝香ヲ祈ル　　　李鵬溟

詩題、白雪何ノ人カ許ス更ニ裁ツ 賦ノ題諦觀九　　　成羋虚

功舞科式一遵二中朝二　　　柳震澤

○稟

題目至難誰敢窺聞域哉
公擬巍科める承蜩所謂盤根錯節愈見
利器者也歟萍水相遇千載一時
何思立談之間執知己之交也古人
謂一宵佳話愈讀十年異書僕何ノ幸ヒ
獲之也
星軺始税
疆席未煖過客魚貫雜務蝟集別邪
言不同雨情不悉迄為可恨耳
今聞有

正使大人ノ之ノ命ニ而忽ニ告別ヲ淹留之間

有服報ヲ于

左右ニ可キ復タ來話ス耳

○復　　　　　　　　　成翠虚

令ヲ以テ

正使ノ招命ヲ忽ニヒタ入リ去ル未タ得從容ヲ當俟後ノ

日ヲ討盡ス底蘊ヲ明日勝遊ノ處可ニヤ許ス否終ノ

日壯遊遍題為ニスラ願フ公作ス西都ノ主人ヲ

如何ニ

○奉呈ス　　　　　　　　柳震澤

成學士
李進士　二公ノ搯下ニ

搆衣ヲ　候館ニ識ル

荊韓ニ不ル料ヤ論交禮數ノ寬キヲ

萬里一家ノ風月倚ル闌干ニ

文才氣敵歷歐韓ヲ

方寸由来天地寬還テ恨ム

星軺復タ指ス武以ノ干

相逢テ猶未タ熟ニ

○走次以呈ス

翠虚克艸

震澤ノ詞案ニ

月一善從リス古ノ三韓歴盡扶桑君ノ海寬ニ忍チ

遇ニ高人披ク麗藻還テ驪紫氣斗牛ヲ各別梔

健筆雄詞敵リ柳韓胸襟碯磈意壇寬ニ清

凝夜燭瓏仙鶴詞氣還テ如怒野干

○奉謝

鵬溟奉稿

震澤案下

星槎萬里自東韓隨處湖山容祀寬同

首故園雲樹隔掛衣何日卧江干

○變謝

東指扶桑可隔韓逢秋驪抱若為寬憑

斬四顧乾坤外匣裏龍泉氣上干

震澤

○稟

始テ接ス

清眎忽チ獲リ交歡ヲ感豁無シ涯リ

翻々トシテ儀鳳下ニ瀛洲ニ慇懃テ異ヲ姑ノ遊ブ若木ノ頭リ

快觀争ク先ヲ

昭代瑞願將ニ韶奏ヲ復タ千秋ニ

瞀齋安公梧下

○走次テ

瓊韻ヲ以テ冀フ

斤正ヲ

燕遠ニ三山興ニ十洲清遊已ニ接ス地ノ窮頭如

瞀齋走稿

始聽陽春ノ曲絕調鏗鏘響ク素秋ニ

不安在ノ本國之ノ日聞キ得テ

高名ヲ如ニ雷ノ灌ク耳ニ令接スル半儀可シ慰ス斗望ヲ

第緣ノ匆卒ニ未タ克ハ穩叙ニ是ヲ慵ク歎歎也已

滄浪筆語

○稟

柳震澤

昨午始メテ蒙ノ荊識ヲ雜賓雲集ス雖ヘ承ケ得ル從

容ヲ目擊道存則何ンゾ不ザル解カ襟袍ヲ哉僕自リ

傍ラ窺フ之ヲ尚ヲ汙漿佔畢滿堂鬱燠熾爲メ

蒸ス人ヲ

公獨歸黙然不改タ貌ヲ是レ知ルレ曲ノ裏ノ白ノ雪盈テレ繭ニ

則チ清ノ風棚トよ生ルニ于十ノ指ノ之間ヨリ者ト也陶ノ

徴ノ士ニ所ノ謂ルレ身有二ニ餘ノ勞心有リルレ常ノ閑寂ニ

公ノ之謂也ニレ已且ッ問フ昨ノ日詞ノ場入ルニ彀中ニ者

為ルレ誰トカ耶

○又稟

曩ノ者所レ論ス三ノ宅道ノ達ハ僕ガ之忘ノ年ノ之交ニ

也自リ幼ノ志レ學ニ研ノ窮有ルレ年矣與其ノ母ノ兄

元ノ孝共ニ有二ニ過レ人ニ之ノ名乃ノ翁元ノ菴往ノ年

貴國ノ朴進士螺山筆話唱酬螺山稱其

興才頃年致仕於泉南ノ城外作リ亭ヲ自ラ

名ク醉樂ト屬メ余ニ作ラシム記故ニ彌ス堅ク久ト要ヲ疇昔

自リ大坂ニ報メ价ヲ云ノ與

公有リヨ傾ク蓋之ノ雅矣於テ僕ニ殊ニ荷ス盛意ノ多ノ

幸多ノ謝

○謹復ス

在ル大坂ニ日因テ遜宇昆季獲ル聞クヲ

足下ノ盛名ヲ已ニ知ル其ノ奇才今見ハ果ノ然ッテ遜宇

不ニ求メ欺カ也遜宇爲メニ其ノ大人ノ求メ醉樂亭ノ

　　　　　洪滄浪

盛意ノ多ノ

詩ヲ勤ニ懇ノ不ス已ニ 不ル安
黙ツヒ燕ニ拙 不ル足レ觀ニ已ニ午ノ間見テ下
昃下寄ニ贅ノ齋ニ 詩ヲ次レ韻ヲ以テレ呈ス想ニ未ダ徹セ矣且ツ
昨日ノ諸ノ公皆奇ノ才非ニ不ノ使カノ所ニレ可キ品ノ評ニ也

○走ノ筆ヲ呈ス

滄浪洪ノ公 案ノ下

鰈ノ域ノ

詞ノ臣 當ノ代ノ雄

玉ノ堂ニ抽イレ筆ヲ氣如レ虹ノ丈ノ光 萬丈 衝ク牛ヲ斗ニ琪ノ

樹火開ク碧ノ海ノ東

壬戌秋八月

○走次ヲ

震澤公ノ 惠韻ヲ

清標洒落氣豪雄健筆如ク樣ノ吐ク彩虹ヲ却テ
恨ム逢場歡未タ洽子子カラ驛程明日向ニ關東ニ

壬戌仲秋 滄浪謹稿

○稟

欽ヒ誦スニ

高篇ヲ誠ニ清廟ノ之完奏シ也雄健捷敏應ニ

溫八ノ義カ之流亞矣東行ノ發軔已ニ在ニ明

震澤

曉ニ　僕モ亦タ有テ師ノ命ニ明午赴キ　東ノ都ニ則チ雖ニ

暫ク分レ手ヲ再ヒ晤ルニ有リ期天涯ノ交義冀クハ共ニ道ニ

遙ニ于筆墨ノ之間ニ未タ知ラ許サンヤ否ヤ

○復　　　　　滄浪

情誼藹然足レリ見ニ愛スルヲ之心道ニ遙ニ筆硯ノ

間固ヨリ所ノ願フ也請フ從ニ　公ノ後ニ

吾カ詩何ヲ能ク及ハンヤ　公ノ言ニ耶對レ客論スルニ詩ヲ我

自ラ樂ム此ニ不レ爲セ疲レ也

○稟　　　　　震澤

公ハ以テ不レ才ヲ而居ル是自ラ謂フ之遜ナルノミ耳郢

公ノ走レニ筆ヲ疾ク書スル雖ニ 古レ之 豪ー傑 可キ懼ル者ト何レ異ナシ

哉 如レハ余カ撃ナ布レ鼓ヲ于 雷ー門ニ奏ス蛙鳴ヲ于 龍ー

宮ー惟タ供スル嘔ー噦ノ之ー資ニ耳 満ー座ノ容ー跡ニ 僕 且ツ

神ー贏ー氣ー倦ム伏メ想フ 公ノ之 至ラシ厭ー困

東ー都 榮ー旋 再レ會ノ以ラシ緣ニ歎ー裒ヲ

○ 後

有レテ事ト 當レ去ル　　　　　　滄浪

○ 稟

東ー都 再レ會セシ　　　　　　震澤

西京筆語 後

○稟　　　　　　　　　　　翠虛

久別之餘忽遇

清儀不勝忻拤

○復　　　　　　　　震澤

東都鞅掌之中雖會晤昕夕彼此羈馬

竟不能修容于賓旄之傍把臂展

眉深領清誨俟爾分袂詹企之思

未嘗一日不厪也忽接懿範伊誓

頋除斯地淹留猶將三數日則瓊琚

硯礰應酬于騷壇之下以再

載一遇之奇縁矣第恨趣裝伊邇焚

膏繼晷繞是轉盻之間耳仙凡一

隔沈鱗弱羽無復再會之期不堪惆

默之焉

○稟

來時

順菴公贐桐花紙二百葉又於臨分送

以語一章而小說去忽擾中不如次

送也到西京之日不忘

翠虛

步付於門

人柳也寄送風便再三丁寧之意告ケ

示今明間儻當作續貂之音也若有的

便幸須為余郎傳如何

○稟　　　　　　　　　　盤谷

吾亦默タリ

○復　　　　　　　　　　震澤

垂諭悉承頃日順巷投書僕云

東都良會誠一生之盛事繞得荊識

便推心置人腹中域雖限南北情無

隔參商清風明月永矢勿讓獨恨

征鑣頻發未皇欵對耿々罣念徒頼
海潮之信耳響者所奉餞送俚什倆
賜嗣音速以傳之千萬積恠為余
慇懃致意為　高和脫稿請且夕達
之

○禀
我國以母之同生男子為舅　　翠虛
貴國亦然否

○復
正是　　震澤

○稟　　　　　　　　　　　　震澤

順菴有季子名、寅亮彌菊潭自幼好
學孳々不怠近歳在僕塾中順菴使
僕課其業將就相續鳳毛之義庶幾乎
丕失也嘗聽
明公之抵此　　都望之不啻鄉雲列宿
而袖裏有刺御李無由僕敢爲之先
容嚮已語于小山翁不知徹于
右否伏冀阮眼爲青則彼宿音欽
慕之顧嗒默永釋矣若夫牛使馬勃

觀リ收レ之ヲ藥籠中ニ遂ニ非ル二棄物ニ一此直ニ在ルテ乎

明公一ヲ展ニ手ヲ之間ニ甲彼ノ何ノ不ニ仰ガ哉僕何ノ

不ヤ薦ヵ哉

○稟

東都ノ頃ノ麂實ニ是古今不ヵ易得之事　不使

　　　　　　　　　　　　　　　翠虚

幸ニ執テ桴鼓ヲ叩ニ戰扞其ノ間ニ稱ニ展ン驚步ヲ於

亨衢獲レ觀ニ

順菴公宗ニ近之大手ヲ復タ見　明公之英

才ヲ傍ニ對ニ林整宇之博識藤士峰之宏

製ニ何ノ其幸ヤ哉今聞ク菊潭公之妙年奇ニ

才亦出二於　公ノ之門下二云々始テ知ニ培ニ養
人ニ才ヲ之盛擅於一世二深ク賀ス々

○復

明公嘗以テ幣邦ヲ稱人ニ才ノ藪澤ト鳴呼蕞爾タル

　　　　　　　　　　　　　　震澤

弾丸九何ッ能ク至二此二而名ニ所謂二三諸公ノ

誠ニ一世ノ之領袖テ而縉紳之砥柱二矣而ノ

明公眷愛ノ之餘以テ僕ノ雜學ヲ於其間ニ誰ノ敢テ

言ヤ其倫也予若キ菊潭ヲ當ニ時ノ寓僕ノ塾中二

課書屬文ヲ乃非ニ負笈撞レ鐘者之流一也

黨許其造詣二明日携テ手ヲ而来ラン矣

○稟　　　　　　　　　　　翠虛

僕在東都之日忽遇長門州書記山
田熙其人年才十六能詩能筆酬唱
頗多將有千里駒之氣像今聞菊潭
之英才十七既夙成云貴邦人才
蔚典將継風雅為之抃喜菊潭公從
容相逢大望後日山田氏為余一見
為傳山語

○復　　　　　　　　　　　震澤

所懇一慨鄙懷戴　德定重然則以

盛意鳳達于菊潭菊潭抃舞不覺
倒裳而至也所諭山田熙僕素知之
惠敏脱穎頴翩として于藝林之間令聞
東都偶抵記曹有酬唱之雅僕
亦為之怡然たり他日相逢、必以岩高
教を

○稟

菊潭始で謁光範重荷
感謝無已敢請所呈小詩便賜點竄
玉成之美惟

震澤
問言於僕

明公亮之

○復　　　　　　　　翠虚

前對未〻程ヲ逭ニ令惆歎ス此ニ又ス

枉訪誠ニ極二幸之ニ中千萬意ノ表

順菴公ノ玉胤公隨テ至ルヽ如ニ遇ス

順菴學士ニ風標凛然ク可レ謂ヲ稱レ家ニ為ス之ヲ忻ノ

○稟

黄ロ菫ヲ卒麃冐ニ

嚴聽ヲ謬ッテ蒙フル二　　　震澤

銘〻感次〻骨乃ニ岩ホニ俟ヲ

取ニ其ノ糠粃ヲ而歡ニ揚ス

推轂ヲ

盛眷ノ之レ垂ヒ半バ何ッソ堪ヘヤ跛踏ニ哉順巷ノ聞ニ之ヲ情傾ケニ

鼇戴ヲ

○復

昨日旅館

翠虛

帶ヒ來ル菊潭ヲ以テ做ニ半日清談ヲ卽チ實ニ欣暢ス今

又枉ケ訪ヲ以テ作ス遠別ヲ深キ幸萬〻偶〻聞ノ

順卷公千里不ニ忘レ且ッ送ニ贐物ヲ云フ時〻昧タ受ケ

授ケ而聞ク來ヲ其ノ

原戴ノ深情誠ニ極メテ別ニ嘉尚ス當ニ作リ書作テ詩以テ

報弗レ談之意ヲ也

○稟

向者菊潭始テ把レ

久愛レ之及屋鳥鳴謝安能吐ク中藏順芝眉歸來ルテ儀ハ誇テ

菴所呈文房一友早脱之間當テ憑テ小震澤

山氏而達ス公頃ロ雅去爲不脾贐儀

惟夕察其表懷母終避棄鳴呼快心之

事常不レ可多得也快心之友常不可

多觀也償之遇

明公異域同心萬里一席臭味相合杜

詩所謂披豁對君真者非耶 僕何人往者始執謁于 西京中乃経千里尋盟于東都今即退矣于 舊館數亦奇哉弊邦士大夫通刺相見者何限而或一面或再晤未有若 僕薫染前後甄陶左右者也聚散無定時日難留一別之後風馬牛不相及也豫思之黯然銷魂耳

○復　翠虚

別時只停數日深切悵缺之懷未前

或ハ可シ更ニ對シテ拆別スルヤ否ヤ

○稟

　　　　　　　　　震澤

杳々タル天涯ノ人肌ト爲シ天涯ノ語依々タリ天涯ノ
情落木蕭條トシテ過ギテ鴈ニ到ル樓河梁千古ノ
潸無往ヲ非ニ離別ノ可キヲ憐ム之ノ狀片帆萬里
再會何ノ時ノ人ヲ非ス木右能ク不ヤ爲サン之ヲ斷腸セ
也我發軑ノ之ノ際々堂上門ノ前出テ迎テ必ス
爲ニ
面訣ヲ言念ハ
高誼心旌搖ラギテ曷ノ勝ニ戀切ニ借ヲ雲ヲ作シ紙トシテ汲シテ
海涓毫ヲ寧ロ能ノ寫シ此ノ別恨ヲ盡サン我

盤谷筆語

○稟

此ノ接青眼ニ喜ヒ不可言

盤谷

○復

渇慕　丰神實如隔燕秦愁腸日幾

回再躍　清塵極壇愉快ヲ

震澤

公在東都云痰喘爲祟不知無他否

食少事煩心勞體疲古人之所戒海

陸歸程猶未及半宜順時珍攝僕聞

之少思以養神少言以養氣蓋無事

之時尚如此況ヤ有病ノ之中乎然メ後服

藥施治病癃雖點也當霍然去體矣

○又稟

公嘗言贈九篇詩推尋實緣尚未達敬

請再揮巨筆以賜之榮出于意表

○復　　盤谷

已忌卻矣當以他詩留別耳向者

公紀行詩則我當藏歸篋笥欲作他

日顏面耳

○稟　　　　震澤

百尺樓中ノ人手ニ攀チ星辰ヲ足ニ蹈ム雲煙ヲ下

頗ル塵寰ニ宣翅蟻垤ヲ否乎君ハ俚什ニ何ゾ足ラムヤ

以テ充容篋之中矣儇館甲廚不藏鸞

肺鳳胎獨リ取ル虬腦蠑肝ヲ賢者滷不可

測矣方ニ流有リ珠圓流有リ玉胸次ニ貯フ詩

源ヲ當テ酌テ烏ゾ不ル竭キ貴恙有ニ間請フ賜

芳和

○又稟

順菴居父母ノ喪ニ三年絶チ酒肉ヲ不近聲

邑既如告ケ翠虚公僕幼ノ喪ヒ父ヲ及ヒ斷

長ク喪ヒ毎ヲ　其ノ儀一二從フ順菴ヶ之　所レ行フ烏
　　　　　　　　　　　　　　　　　　　　　復
至リ矣　誠二孝ノ之　出ル天二也　是二謂フ有リト自ラ来ルト矣
　　　　　　　　　　　　　　　　　　　盤谷

滄浪筆語

○稟

別後無恙否

順菴詩及

足下詩皆已次韻今當淨書以呈而閣

禁頗嚴如足下之徒不得任意出

入云赤知因何而傳送耶

○復

東都睽隔之後瞻仰逾不忘蓋公瑾醇

醪所為醉人者深笑偶承高和已

滄浪

震澤

屬蕘當憑小山氏而送渠不敢濡滯

也

○稟

昨者

尊大人寄僕以硯匣感荷曷喻已作書

滄浪

付朝三未知其果不免浮沈也

○復

震澤

硯匣既徹于左右欣喜無涯物則

輕而意則重儕資清玩萬里慰藉可

知其為耐久朋也若謝書嘗託朝三

顧早晩ノ之間ニ入ニ僕タ之手ニ不ㇾ然則渠直

傳之ヲ東都ニ莫ㇾ敢テ勞スㇾ軫念ヲ

○稟 滄浪

僕到ㇾ大坂城ニ作リ別章ヲ并ニ刷ノ以テ寄セシ而ノ馬

駑之人多方阻ㇾ截故ニ傳達ㇾ味ㇾ必ㇾ可ㇾ恨ム

○稟 同

已告ㇾ于

老爺將ニ招見テ君ヲ矣以ㇾ上ノ二一條ヲ發ㇾ軫孔々

自ㇾ内書ノ片ㇾ撩彼迫ㇾ座ニ無ㇾ筆硯滄ㇾ浪

乞ㇾ故ニ無ㇾ答ㇾ語

先キㇾ是ㇾ朴同知安判事以ㇾ譯ヲ傳ニ三使ノ之ㇾ

、憶ヲ故ニ滄浪ノ之言如シ是ノ

○稟

老爺歆ヲ下次ニ 滄浪

足下ノ之詩韻ヲ以テ贈リ似ヒテ在ヲ大坂ノ之後耳

俺到ノ大坂ニ後ニ

旦下或ハ有因人ニ書間ノ之事耶語如シ前ノ

餘ノ此ニ己ノ見ヲ使君之後也

後西京

與朝鮮ノ醫官鄭東里ト筆語　問柳震澤

答鄭東里

一問　此ノ二ツノ竹何ノ名ソ且ツ貴壞有ヤ之耶

一答　此ヲ為ス何カ弊邦有リ竹數種其ノ葉廣狹
不ツ同ナリ耳

一問　我カ國以テ是ヲ為ス淡竹ト不ス知ヲ是ヤ否ヤ

一答　淡竹ハ對ツ苦竹而為ス文ヲ苦竹ノ之外皆
可ツ入ル藥用ニ

一問　黙則即令所ツ示ス非ヤ淡竹乎　東里搯頭ヲ

一問　我ノ國以テ此ヲ為ス苦竹ト如何

一答　淡竹者弊邦用ツ綿竹ヲ其ノ竹無ニ長キ竿

只叢生シテ而葉廣キ如ク
可シ用ルニ而モ唯ダ苦竹ハ
也

一問　貴邦取ルニ竹瀝ヲ用ユ何ノ竹ヤ其ノ名状願ハ
詳ニ垂教諭ヲ凡ソ藥物少シモ誤リ用レハ則非ニ但々無益キ
于病而殺ス人ヲ利ヲ於鉄鉞ニ矣是ヲ以テ僕喋シテ
問之耳治装冗劇ニ　僕軒ヲ親見而及レ此ニ恐ラ
己ニ至ルモ厭倦黙レヌ此ノ會終ニ不レ可レ再ヒ為則更ニ
請フ暫ク留リ坐ヲ以テ告ニ底蘊是ヲ乃チ仁術之一端
也

無綿竹葉則諸竹皆
不レ入藥ニ用ユ苦竹者烏竹

且問綿竹烏竹ノ形狀僕未タ喩ヘズ　公抵

弊邦其ノ道途ヲ所ヘ経頗見ヤ之ヲ耶

一答　綿竹路傍多ク見ル之ヲ丘陵ノ上蕺生メ而

無ニ長竿其ノ高サ不レ過ニ一尺一者ハ是也用ルハ葉ヲ則

用綿竹ノ葉ヲ取瀝則用ヒ大竹ヲ而烏竹則其ノ

竿黑キ者ノ是也

一問　黙レハ則綿竹如キ是ノ畫樣者タ乎蓋篩ノ之

類也

一答　我カ國ノ名綿竹ト、

一問　儻少ク有ニ異同一則チ　公モ亦タ寫ニ其ノ形ヲ示セ

　亡ヲ僕　以テ為ニ他一日ノ明一證ト

一問　陶弘景謂フ竹ノ類多ク入ニ藥用一筆竹次

　淡竹苦竹惟ダ實中竹篁竹于テ藥ニ無シ用ヰ蘱ヲ

　頌カ曰ク南人用ニ苦竹ヲ燒キ瀝ノ憶ダ用フト淡竹一品ヲ

由レ此ニ観レ之ヲ若シ竹ハ非ズ必シモ不ト入レ薬ニ用ニ而淡ノ竹

最モ可ナル者ハ也諸家ノ本草又皆貴テ淡ノ竹ヲ則

公ノ説ハ誠ニ當レリ矣良荷ク

一問　疇昔雖承垂論鄙意猶有味會者ノ

矣此ノ両種實ヤ非ヤ淡苦竹ニ耶

一答　大ノ竹ノ類ハ也

一問　取ニ瀝ヲ用レ此ヲ不キヤ亦妨ケ乎

一答　大ノ竹好ク而此ノ竹モ亦用レ之ヲ耳

一問　此ノ綿ノ竹ヤ吾ハ示ス路陽所レ用之

一答　是レ

粽篠ヲ

一問　青鹽真贋何ヲ以テ辨ゼンヤ　貴邦産スルヤ之ヲ

一答　青鹽我ガ國ニ無リ有テ而ノ見ルコヲ已ニ多ク若シ見ル
耶

其ノ物ヲ辨ズルコヲ何ノ難カランヤ也

一問　此ノ行囊中ニ有所携ヘ來ルヤ耶

一答　行中只タ貴ブ救急藥故ニ無シ之此ノ地眼ニ
科ノ藥多ク用ヒ之ヲ青鹽必ズ有ラン好品也

一問　此ニ我ガ國藥肆ニ所ノ賣青鹽也不ス知ラ眞ヲ

一答　真ノ僞雖トモ不ス能ク知ルコヲ而モ非ス
否ヤ　中華ノ所ニ通ニ

用ユル者ハ青鹽、其邑如ニ藍ノ甚タ鮮ナリ

一問 辟ノ蠧ニ用ユ芸ヲ 貴壤有リヤ之乎其形狀

如何

一答 芸香者杜詩ノ註ニ菖蒲根晒ス末者也

蒲者水菖蒲也

此時學士咸翠虛在座書ノ日示物弊

邦國家及士大夫ノ家往ヲ用作書ノ

快之間

一問 水菖蒲有リ大小ノ二種不知何物是

耶願審聞之

一答 大而香者是也此時以園庭可裁小葉菖蒲示之束

一問　我國ノ石菖蒲是ヲ也　又搏レ頭ヲ

一答　石菖蒲者其ノ葉圓ロ形チ似テ楓葉ニ而大サ
如ニ小兒ノ掌ノ此則水蒲之類ニ而差短臭異
断非ス石菖蒲也

一問　非ヤ芸于蒲乎　洛倍端干酉夾檔之菖

一答　水菖蒲也

一問　鄭此ノ處ニ有我國人所撰醫林撮要否ヤ

一答　柳嘗テ聞其ノ名ヲ未見其書也凡貴國
書在幣邦者不知幾許而余ニ有皇甫

里ヲ折レ茛ヲ嚘テ　莨ノ搏ノ頭ヲ

之癖旁求遍探閱之頗頗撮要則非

吾儒之急務是以未遑尋問耳

一問　卿公非業醫何問竹品

一答　柳　晋戴凱之著竹譜凡六十一種彼

雖非顏業醫者而於竹汲汲如是後世

學者又復爲之潤色戴氏之所品未

何必醫士獨論竹也哉所謂多識鳥獸

草木之名皆學者之事也雖然若今所

一問　有人託僕而致意者也更莫詠爲

一問　柳　沈活筆談曰辟蟲用芸今七里香

葉類豌豆叢生秋間微白如粉汚由山

說則公之所謂水菖蒲者決非一物李

東壁曰山礬有七里橙柘瑒春桂諸名

僕嘗觀胡應麟筆叢有言曰山礬者瑒

花春開而曾直易名者也栀子者夏開

六出蓄萄也方密之亦謂山礬俗名橙

花木高數尺凌冬不凋花白未開時似冬

木犀開時香穠豏七里香有千葉者僕

按此我國之栀子而花有前後不同則

難強以名焉瓊花玉蕊山礬栀子四物

同ジク異古今縉紳ノ論紛々トシテ未タ見ニ至當ノ之

説ヲ不ス知ヲ 公嘗テ有ツヤ考證乎一ニ日芸真ハ即チ

七里香也山谷謂ツ之ヲ山礬非ニ楓膠香ニ也

僕於テ是乎愈感爲ニ敢問フ何如ニ

一答卿凡ソ物ノ難キレ辨者ノ甚タ多本不ス歡セ深ク解ヲ

故瓊花玉蕊山礬曾テ未タ考ヘ出シ而至リ於テ梔

子則當時藥用者可シ不ルレ辨セ蓋山梔

染黄梔子不ルレ堪ヘ入ニ藥用蓋山梔有テ六稜

而小ニ染邑者五稜而大ニ故我國有テ梔子

而皆ノ是レ染梔不ルレ入ニ藥用求メテ之ヲ於中華ニ而

用ㇾ之ㇾ矣

一問　柳　胡ㇾ應ㇾ麟　又ㇾ曰　梔ㇾ子　染ㇾ黄ヲ以テㇾ花ヲ而　山ㇾ

礬　染ㇾ黄ヲ以ㇾ葉ヲ此　果ッ何ㇾ説ッ也　蓋ㇾ風ㇾ土　遠ㇾ隔リ

古ㇾ今　異ニㇾ宜ヲ耳ニ

前西京
鄭東里筆語

○稟　　　　　　　　　　　　　　　震澤

鯨ㇾ海　遥ㇾ隔リ

鯤ㇾ鬐　高ㇾ連ル　長ㇾ程　萬ㇾ里　酷ㇾ暑　逼ㇾ人ニ

道ㇾ候　佳ㇾ勝　抵ニㇾ茲ㇾ　都ニ不ㇾ勝ㇾ欣ㇾ暢ノ之至ニ

○復　　　　　　　　　　　　　　　東里

長風破レ浪ヲ得ヲ達リ蓬島幸ニ接ス

偃姿大ニ慰ム平生跋渉ノ之勞何ソ足レ道ニ哉

○稟

豪氣憐ム宗愨　公寔ニ非ス尋常ノ比儔ノ之

匹擬也リス未レ知ヲ有リヤ萬里壯遊ノ之雅什否

偏ニ許其電驪ヲ以テ遂ニ素衷ヲ

震澤

又稟

不佞自リ懸弧以ノ來屬脆玲瓏躬不レ勝ヘ

衰眊猶不二甚ク成レ害及レ至二弱冠疾病交

侵シヤモスヘ動ニ至ニ危篤玢ニ頼テ調護漸ク復ニ舊狀ニ近

歳偶ニ患ニ疝積ヲ纏綿起伏至ニ今ニ不ニ愈ヘ本

月ノ之ノ初忽チ感ジ蒸暑ニ胸腹率痛鍼薬ノ之

所ノ攻雖モ稍得ト快験氣宇未ニ平寝食殆ト

減ス莚羸若ノ此鶏骨才又床ヲ其ノ證候一ニ

如シ書別幅古ノ之善醫者ノ以テ瀉物ヲ惠ニ人ヲ

為ニ心ト故ニ雖道路造次ノ之際ト猶ホ為ス疤診ノ

治ヲ況ヤ不ニ安ケ頃盖ノ如ク舊ノ辱託至ニ屋不ニ以テ

副拳ノノ不ニ冀ニ仁者不ニ忍ニ棄ニ我ヲ

敢テ似ノ上ノ池ノ之靈方ヲ曷勝ニ慰浣ニ

○復　　　　　　　　東里

才術迂拙雖ニ無起死之方診脉投藥

固是醫人職分之事不敢多辭而文

詞莨如意有可謄之書乎

診公之脉聞之公之病脉症不相

反雖些少之苦不足為慮然疝氣與

塊症似是一源之症蓋寒氣積聚之

所為也遇夏則重遇冬則歇者果如

所謂陰陽在中之說也而將護之道

亦因寒熱不慎之故也大緊形神羸

脆脉虔亦甚微弱峻補之劑不可不

服セ醫ー學ノ正ー傳咳ー嗽門ノ瓊ー玉ー膏連ー服二數ー

劑ヲ未レ知ラ如ー何ニ

○稟　　　　　　　　　　　震澤

過遶荷モ　盛ー聽ノ似ヒ妙ー劑ヲ未タ動ー匙ヲ頓ニ

覺フ周ー體ノ之爽ー快ヲ寶ー鏡ノ之所レ照ラス二ー豎ヲ將レ

喘ーくヒ逃ー避ニ若ー夫レ敎ヲ獲ニ安ー蕤ヲ乃レ噓レ

枯ヲ而肉レ骨ニ之也橘ー井ノ餘ー潤曷ソ堪ャ二街ニ結ニ哉

東都筆語

○粟

偸途無善

以下筆語諸子多同坐故次序不齊

震澤

文施到此欣作昌極義當燧候

動定僕亦卽鞍未幾塵鞅絲夢報應

相左皎黙風度常在眼矣

公亦詠僕之曼也耶疏慢之愆不能郎

文也

○復

翠虛

炎程免惡幸得抵此知荷

盛養頃舉

大丈字困抱老炎趨未奉答從後修辭

丕計

○稟

本月十二日粗過遠州濱松驛亭耿

震澤

耿不霖適憶

公之事呼二三子累談西京會晤之

盛悵然開戶望天之一方斜濱橫山

落月掛軒因又誦滿屋梁照顏色之

句遂援筆作一書囑主人曰他日有

某ノ公過ハ此ヲ必ス以テ為ニ我カ致セリ焉夜將ニ參半ニ

驪駒嘶門僕夫俟著是ヲ以テ忙手ヲ塗抹ス

不敢悪テ小近而弄斧般門謬蒙ル　不

棄柳且ツ覺腐草之生シテ光当也目今紛冗

公已有倦勞之邑興日當約　尊暇ヲ永ク

宵跋燭以晷別来之睡ヲ于

○又稟

僕先タツ二諸公四日狗馬之疾加以驛

程困憊之勞緜且保軀殻以抵此都

是幸而免也第所過名山犬川古蹟

芳躅不能審訪遍題以償壯遊之美

與輿子馬夫瞥眼鶻來者何異矣

公歷路篇什幾盈錦囊倚許劉覽一以

泚公ノ高裁一以除僕遺憾

○復　　　　　　　　　　　盤谷

鄙人亦有凡蠻近來添劇滿自ノ詩材

終無一吟一咏耳

○稟　　　　　　　　　　　震澤

僕肎輿ノ中有偶興若干異日掜稿而

來惠而好我其敢靳斤和

○復

頃者次キ呈ス小詩九篇ヲ矣得や照否

　　　　　　　　　　　　　　　　盤谷

　　　　　　　　　　　　　　　震澤

未タ徹せ矣不レ知ヲ因テ阿誰ニ而傳送ゃ乎

　　　　　　　　　　　　　　　盤谷

憑者督齋ニ而送ル矣尚ヲ球傳送云

尊須ラク推呈ス如レ何

　　　　　　　　　　　　　　　震澤

疇昔訪督齋時在ヲ

三使相トの前ニ未タ得ニ相逢ヲ他ノ日當ニ嵤价ヲ投レ

書探討馬督斎役ニシ職事ニ不退退食

豈恐以私義非意于之哉

盤谷

所懐一承昨與野鶴相逢語及

尊邊則鶴山與公相親云黙耶

尊於此地有強近族屬否今何處在

震澤

罝念㥛寔足観君子愛人之篤笑

僕幼喪怙恃素無昆季之倫形影相

憐萍梗西東殆誷住著所謂乾坤一

腐儒未タ能ク免レ去ルニ國ヲ離レ家ヲ見ルニ白雲之恨ヲ上ル

也如シ今寓ス師塾ニ去此才ニシテ二三里也爾

今朝謁ス渚浪公〻亦云項逢鶴山ニ

語及フ僕カ雕篆之事悪兎藜燕麥何ソ足ランニ

以テ加ル杞梓豫章之優哉柳其欲ス以テ是ヲ

奬テ僕ヲ奮然研精其到テ於此耶只恐ル人

以テ諸公ヲ為ニ有失言之過不敢當不

敢當ヲ

僕此ノ行欲ス避ニ

震澤

信使ヲ故ニ刻日ヲ兼レ程ヲ戴レ星而出戴レ星而入ル

風雨瘴嵐不敢以厭難陰多少備嘗

矣既抵兹地忽劇旦夕來往應酬未ゝ

邊安席知ゃ水土不服忽得痢疾痛楚

累困一二日稍得快驗羸瘦如山ノ

精神特衰是以雖繫心不鏽而モ久缺ニ

候問耳重九ノ前後將返旆シ

西京因欲以一面ノ叙別倉卒至于斯ニ

矣敢問フ無ヤ佗否

翠虛

見テ公ノ之形容憔悴ヲ意ニ以テ爲ルヲ魔病ノ所ト

惱此ニ奉シ先示ニ始テ知ル公ノ之美疾近シ

云フ不ス勝ヘ驚歎之ニ至偶聞返施ヲ西京ニ孔多

邇云而委ク此ニ叙別而杜訪實是深感

深感

　　　　　　震澤

聖賢之言蓋不得已也蘊之ヲ于心行ヒ

之于身是理自明是事自隨而爲言

語爲文章則一字半句無不咸當于

道也故言寡而要多理明而文達若

夫常人ハ徒ニ從事于舩翰之末雕續飾

裝末嘗テ知浚之源培之根是以其言

常ニ百千萬言而求其要則發希韓文

公起ニ八代之衰稱一世之雄所見甚

高然猶有卻倒學了因學入之評若

僕ヵ謭劣兼豪心既暗身未修事理蔽

寒無所耶裁則其發于言成于文何

有可見者哉敢請何以教之且問唐

宋八大家古今評駁各自相持

公宏才實學眼高一世足以訏千古之

公ノ之ヲ所ヲ取二舍スル
是レ非ヲ願クハ聞カニ

示意實ニ是レ末ー世ノ之ノ所ニ不レ聞カ今ニ承ケテ　　　翠虛
切ー磋ノ之ノ論ヲ敢テ不レヤキ悉ニ陳ニ其ノ管ノ見ヲ哉俺カノ之ノ
素ノ所ニ辨ー香ヲ敬ー服ス者ハ於二唐ノ韓ー柳ニ花二宋ニ
歐ー蘇ニ而八ー家ノ中莉ー公ノ之ー文ハ雖レ似レ精ニ
剗ニ暗ニ於正ー大ニ南ー豐ノ之ー文ハ飫シ而俺ノ生ー平
不レ甚タ好ニ至レ於老ー蘇ニ偏ニ尚ニ雄ー渾ヲ頴ー濱ノ之
合ー體ノ和ー粹ニ雖レ無二千ー變萬ー化ノ之ー氣ヲ柳ハ歐ー

藕之次也

文章之於六經不可尚也已秦漢以　　　震澤
後世有為作者而學之者或一家或諸
家至其自出機杼各有所獨手矣耳
食目論互相詆諆疊壁堅聲咇不相
下若或有鴻匠碩才出于其間樹之
職則魚然低頭下拜終酬前徒之
戈是以一時之軒輊已不明而身後
之玄黄疢懋矣古人之學古人也

文則左國史漢、詩則陶謝李杜兼綜
而互出之而為其古人者自在矣今
人之業古人也吞剝尋撦呷牙齟齒
求其為今人者而無有也而叫爭壇
墠而契短長哉吗何其陋也何其許
也夷考其實平心論之庶乎其摘發
指趣而洗刷眉宇古云韓如海藕如
潮又改曰藕如海後學雷同閒為藕
氏左祖
公知愛之深敢掲適從以啓昏矇何賜

若シ此ニ惟ダ恨ク器宇鈍澁シテ能ク咻ニ指教スルニ指教矣

朱文公師延平ノ李先生ヲ有テ評云韓ハ如

海栁如シ江歐如シ瀾藕如シ潮也而今見ニ

書ヲ示ス藕如シ海應見ニ誤刊ノ冊ヲ可シ歎ス

之ヲ古人以テ東坡ヲ爲ニ三藕之傑出ト者ハ文

蚓行雲流水變態百出之故シ也

蚓二   震澤

藕如シ海全ク非ス坊刻之誤ニ近世張居世

抄シ東坡ノ文ヲ著ス宇宙第一文字ヲ此其序一

中ニ所〵論スル也朱子嘗テ評ス坡文ヲ曰坡之言

曰吾カ所〵謂ル文ハ者必ス與道俱則是文自

文ヲ而道ハ自道待二作ル文時ヲ旋去テ討論道

来テ入ヲ放ツ裏面此是他大病慶蓋道者

文ノ之根本文者道ノ之枝葉唯其根本

乎道ニ所以發之於文ニ皆道也所謂有

徳者必ス有リ言是ハ皆従リ満腔中ニ寫出多

往ク非ト道矣哉君乃文章體裁變化波

瀾二氏各有所長而韓文規模濶大

終過タリ于蘓氏二也

即チ宇宙丈芒ノ之一冊ヲ而乃チ類抄セ也

盤谷

震澤

丈芒何人ノ作ゾ也

盤谷

諸子百家ノ中文字類抄也

震澤

抵ゞ弊邦ニ唱酬ノ士大夫凡テ幾人ッ而其間

公抵子弊邦ニ唱酬ノ士大夫凡テ幾人ッ而其間

或ゝ有ゝ俊逸ノ才ニ耶

盤谷

馬島ニ有リ小山西京ニ有リ吾カ 公東都ニ則

鶴山整宇可シ謂ッ大家ト其ノ餘ノ諸子或ハ不ノ

無ニ英發ノ者一而不ル記セ其ノ名ヲ耳

震澤

所ニ論ズ整宇鶴山共ニ以テオ學ヲ鳴ニ于世ニ若キ

僕カ腹毳背毛無ク當ラ六翮一例ノ不ス爲セ多トテ去

不ル爲セ少者何ゾ與ニ諸公並ニ論ゼン哉今

公以テ二公ヲ稱ニ大家ト抑、有リヤ見ニ其ノ文ヲ耶

盤谷

二人ノ之文未タ得ル見ニ之ヲ耳

然ハ則チ　公ノ之所見乃唱酬ノ之詩也ケ尒

震澤

以テ詩ヲ稱ニ大家ト耳

盤谷

僕カ文膚庸勦襲醜態百出自ヲ知ル不ヲ足

震澤

其ノ齒藝苑ノ之傍也更ニ垂レ善誘曲ニ賜テ

提持ヲ以テ下頂門ノ一針ヲ風夜傾クル心如レ此ノ

而已

盤谷

公ノ之文ハ則チ非ズ凡流倍士ノ所ニ比スル既ニ無餘蘊

更ニ有ル何ノ論カ

　　　　　　　　　　　　　　　　　震澤

嚮者所告ル紀行ノ鄙什一巻令呈ス于

左右冀クハ頗ル加ヘテ鄙政ヲ不ニ憤暗ニ投ノ報ヤ我ニ明

月上也ヲ

公以テ沾沾ク嗜痴ヲ敢テ忘ニ固陋ヲ耳

　　　　　　　　　　　　　　　　　盤谷

公以テ到ス西京ニ當次サニ呈ス

　　　　　　　　　　　　　　　　　震澤

風雨如晦、闇禁數促、俄茲辭去管城

使功終不希譯氏之通快也千古快

り之事豈過此哉

○稟　　　　　　　　　　翠盧

夕間電逢不勝悵然令又

再訪深謝深謝

○復

時及昏暮闇吏促人忽歸去是以

不得慫慂耳恐諸公以不敬罪僕也　震澤

公至弊邦水陸累月唱和之什始溢卷

襲執其

公之所青顧者

渡海以後到馬島自馬島到東都千翠虛

有餘里酬唱羣儒幾到百餘人而英

才隨慶如林未能的知其某人爲魁

其人爲上大凡

貴國人材之藪澤令人可賀之

聞

公頃日與整宇鶴山酬和數四不知文震澤

星ノ之聚有ル何ノ光輝カ

翠虚

整宇鶴山ノ二公皆以テ才學鳴ル於一世ニ
既ニ知ル其ノ淵源所ニ自テ際キ決シテ而無シ涯リ可シ謂ッ
翰苑之鴻匠ト也不ル當ル優ニ劣ス於其ノ間ニ可也

震澤

天ノ之生ル才ヲ悲ス然カ異也而ノ栽ル者ハ培フ之傾ク
者ハ覆ス之才ハ者懸リ于天學者由ル于人人
惟不ル學故ニ才從テ而暗然トシテ則學問之道
一日モ不ル可ル已ム也若シ整宇諸公ノ才華卓

焠螢雪磨勵其平常有大過人者況
家富青箱加以父師之訓何不成之
有哉

公在西京云贈僕雅什一篇僕發邁　震澤
孔邇未眼推去忽忙抵此
公若記得乃別書賜之　滄浪
曾因安公以寄之其　達耶　震澤

未タ徹セ矣不ス知ラ何ノ詩ノ

其ノ時　足下有下リ審ニ安公ニ詩上僕用二フ其ノ韻ヲ
　　　足下若シ出シ示サハ其ノ韻ヲ則僕當ニ記ヿ得スヿ矣　　　　　　　　　　　　　　　　滄浪

僕始メテ邂逅ニ逅ス安公ニ其ノ詩用二洲頭秋ノ三ノ字ヲ
　　　其ノ時率爾ノ之ノ作終ニ不ス記ヿ得セヿ可シ歎ス　　　　　　　　　　　　　滄浪
　　　　　　　　　　　　　　　　震澤

令願クハ依リ其ノ韻ニ礎ニ別ニ構ヘヤ一篇ヲ否ヤ是レ亦タ風

流ノ之一一事矣不二必モ尋討前一詩也　渚一浪席

歷一路ノ之　唱一和ス者ノ多矣佳ル者ノ頗一少ニ惟

足一下ノ之一詩清新精錬甚タ有リ作者ノ句一法ニ其一

可レ貴ノ也即今多一卒特ニ甚ヒ和スルヲ之ヲ味ヒ易カラシ從テ

當二精一構へ並二序ノ勞ヘ去ル西一京ニ其ノ時幸ニ

足一下来二問ハレ之ヲ

事多ク忽一卒二如キ渚一浪ノ意ノ可レ歎ス

盤谷

翠虛

朝者因便宜呈續貂之二首矣求知

領照否也

震澤

求落手也憑誰而傳耶若西京所賜

兩篇既領收趙璧隨珠貪兒暴富墨

渝紙弊何歟歌釋之鄙什不足效顰聊

謝盛教腐辭腥語轉作大羹玄酒

正在丁

明公一斤之中耳更冀照察

公語意極遜讓惡是何言也蓋作者有

公語意極遜讓惡是何言也蓋作者有

金心閱者有碧眼然後規矩整然定

矣王奉常曰平原曠野利用長鎗若

乃嶮險阻隘則莫如短兵便寧獨戰

法師操舸者亦有之爾朱榮八千破

萬榮百萬基置无散由此觀之凡事

之大小修短各有所宜何必以一律

論之哉

公雖以短文小詩數退遜而僕猶有敬

服焉者而況不為僕下者乎健義健

羨

奉呈

朝鮮通信正使

東山尹公　閤下

聯翩貌

雙鳳下

扶桑文彩風流誰鴈行　陸海藩江終

淺狹龍光倒白自張皇　清談筆底懸

河水妙思胸中含國香還恨　容顔

猶未暖秋風　征旆促嚴裝

上戊仲秋下院

簑澤柳剛拜稿

○退テ次テ前ノ日

投ノ贈ノ韻ヲ錄ノ似ス

雲ノ溪ノ柳斯ノ文ノ 詞ノ案 東山稿

當テ怪ノ荊ノ呉ノ兩ノ女ノ桑喜ノ今 冠ノ蓋列九顔ノ行ニ乘ノ

椎ニ星ノ漢ノ思ノ張ノ子ヲ驅ツテ石ヲ滄ノ津 笑ヲ始ノ皇ヲ已ニ識ノ

貴ノ邦詞ノ翰ノ盛ニ更ニ聞ク

佳ノ士姓ノ名ノ香ノ篋ノ中藏メ得ノ瓊ノ琚ノ什 絕ノ勝ス千ノ

金越ノ橐ノ裝

壬戌重陽

○次テ原ノ韻ヲ奉ル 謝ニ

東山公　閣下

奉ル使ヲ寧ンソ思ハン陌上ノ桑
範疇傳道ヲ隨ヒ
其聖帶礪修盟ヲ頌ス漢皇ヲ
樹麗シク官醴春暖鬱金香ヲ明珠萬斛家
藏ノ句何シ又孫謀在リ越裝ニ
此王僧孺之事與
上篇越素異也

○奉ル呈
　副使鷺湖李公　閣下
萬里颼輪衞テ
命ヲ來ル照ス人ヲ

震澤柳剛

仙府風高ク琪
　　柳剛謹稿

半來淨無埃甲科曾擬通經策興論均

歸專對才願逐下塵承聲欺好陪

高賞定敵推莫言博望獨專美司馬文

章誰復裁

○奉呈

從事竹菴朴公

閤下　柳剛謹稿

重熙

景運海天東

鰈域

使臣復杏通健翮摩雲看儀鳳

清標

絶代識文雄　夢廻金馬　五堂ノ下　思在氷

壺秋月中自是乾坤發生面高吟莫惜

伴雕蟲

○奉呈

翠虛成公　　詞案三首　　柳剛謹稿

雞林ノ文物久聞知此ノ日衣冠勝昔時

獻策廟庭承渥寵奪魁場屋中宏辭

新持海上皇華節始觀風前玉樹姿

賓館從容聊莫訝一朝傾蓋自心期

○其ノ二

龍門一日荷殊知、聘禮重修

全盛時學極淵源、入精義詩成珠玉見

英辭棄繡、敢辱終軍志、執御難隨驥驂

姿

文旆倥偬又東指、歸程爲約豁襟期

○蓁呉

鵬滇李公　詞壇

磊落胸襟宇宙寛、薫人和氣總如蘭能

將道義耕心地、敢使鬼神歸筆端鵲抵

崑岡春雪響蚌生、滄海夜光寒丹墀一

屬ス三千字攀テ桂ヲ曾テ登ル多士ノ冠ニ

○奉ル呈ス

睿齋安公ニ　　梧右

海内具ニ瞻ル

泰斗ノ名

文雄到リ處ニ龔卿迎ヲ　衣冠典度隨ニ周禮ニ

道德講論原ヲ

孔情明月囊中ニ長ク照ス夜春風筆下ニ忽子生ス

英ヲ三都賦就幾ク經ル歳未タ聽満城紙價ノ輕キヲ

○次テ疇笘ノ示韻ニ攀ル謝ス

鵬溟公 吟壇五首

君が遊ぶ

南國の光華此の地に還る 思ひ仙家に在り百尺の樓
渾らぶ詩派源流を凝す
子長未だ必ずしも偃せず

其ノ二

雄辨倒に懸く三峽の流
胸中萬卷書樓に築く
蟲は識らず鵲鵬の志
一夜飛び揚ぐ汗漫の遊

其三

天緣幸に假接す
名流自ら笑ふ背山に
吾れ樓を起して曲裏に
襄陽春綠を振るふ

綺ヲ何ヲ誇ラン年少五陵ノ遊

其四

中心ノ玉瓚黃流ヲ擁シ赤手誰カ攀ツ五鳳樓
鰈域燕京才一葦留題曾テ是記ス清遊ヲ

其五

由來涇渭異ニ分流俯仰重々十二樓
邦憲他年儻相許サバ漢槎一棹作シテ遨遊ヲ

次二謝ス　　蓮洲居士柳用中稿

翠虛公ノ辱ク示韻ヲ
何ゾ必シモ超ヘン五嶽遊文波共ニ馮ク鴨江ノ流レ高

歌一闋行雲遞　多病相如不解愁

其二

丹臺空廓自天遊世事應憐逐水流落

日西山雲欲盡秋風遞客不禁愁

其三

青年賜宴曲江遊揮翰雲烟寶唾流囊

裡夜光東海月清霜秋半思神愁

其四

錦帆萬里海東遊到處江山竢勝流聚

散萍踪無幾日一分為喜一分愁

其五

翰墨場中自在遊曾闖碧水上頭流英
才卓絶逢

明主平子因何賦四愁

公忠愛容人未必遷附之甄醫只恐

取笑于傍人續貂之訾不能免也雖

然得寵望勸僕悲無意焉伏冀

明公垂諒于格套之外

　　　　　　　　　震澤稿

霅虛復書云不侫恒在困頓之中未

熊欵子産叔向ヵ之縞紵之報只將テ一
首俚語ヲ答フ其ノ萬一ヲ云故ニ五言古詩及
ハ此ノ詩無和答

○ 率呈

海月成公 詞案

成公其何人ッ濟楚自ラ倶ニ 震澤柳剛走稿
詩源卷ヵ風雨ヲ不肯斟時流ヲ師ト古ニ共ニ洄沂ス
英華故芬郁含咀閱ス四部ヲ蒲蘇久シク蕪蔓
劚斫闘ク一路ヲ絶力ニ回ス風雅孤音奏韶濩
大家手段別ニ天機無縛組戰着ス天半ノ雪

碣石海中柱　養浩吃不動　漱芬嗑不吐

我始一披誦　藹藹多態度　肝膽欲為破

耳目忽愕顧　神駿騰渥洼　快鵬搏閬圃

開胸星宿爛　鼓舌椒蘭炷　屈宋終衛官

楊馬誠行伍　豈不羨逸才　千釣繫一縷

眇為滄海粟　學語似鸚鵡　景運故人丈

寞論居脣土　中原四方尊　周禮盡在魯

吾道無今古　吾才愧莽鹵　撫膺長嘆息

礦面鴨水游　壯士勃不已　列管懸強弩

靈槎艇盤来　潮信通環堵　倒裳趨賓館

輾ㇾ黙諧ㇾ良晤風ㇾ味 飲ㇾ醇酎ヲ禮ㇾ數 共ニ古ㇾ處ス

感ㇾ激宜ㇾ銘ㇾ鐶踰ㇾ衆獲ㇾ奬詡 無ㇾ那塵ㇾ覉劇

過ㇾ客動ㇾ接武所ㇾ以 恐ㇾ尺間攀ㇾ附遂不ㇾ屢

心以テ詩ㇾ筒傳酒滿テ金ㇾ罍苦ㇾ四ㇾ海本第ㇾ兄

誰呵佛罵祖仙ㇾ凡隔天ㇾ淵萍ㇾ水敷肺ㇾ腑

景ㇾ慕勤企ㇾ踵先撿金ㇾ蘭薄万ㇾ里山ㇾ川邑

越ㇾ裘都空ㇾ竇定知奕ㇾ擔冨ㇾ憐我姑ㇾ膽取

君本雞林人文已國ㇾ中沽東ㇾ來搏桑下

紙ㇾ價忍泰ㇾ膲披霧望蔚ㇾ藍儕月假仙ㇾ斧ニ

腹ㇾ中五ㇾ経筍身入群玉府自慙蠡測海ヲ

何異羊攻虎立談寒卜璧歓悰溢眉宇

論文賦膠膝投心憐水乳使乎能嫺礼

專對誰敢悔稠畳飫玄提安復索麟脯

賞應歌鹿鳴干役黒杕杜千載蓏一時

一別悔何補筆語代覼言蒹葭依玉樹

忘分贈赫蹄勿怪使旁午

壬戌仲秋上浣

○次謝

震澤　案下

逆旅光陰逐水流郷愁落日獨登樓浮

漢洲居士鵬濱走稿

生百歳渾如寄宜執清樽辨勝遊

金沙一境帶江流中有招提百尺樓特

地風煙未闌興來時還復興

君遊

松窓寂寞秋螢流漸覺新凉生石樓惆

悵明朝分手後一樽何日續清遊

雲海茫々天際流望鄉時復上高樓乾

坤歳晏秋經暑夜家山夢裡遊

萬里長江衰々流洲邊多少鶯危樓西

京素是繁華地動得平生此壯遊

又呈二一絶以資撫掌

愛君詩酒擅風流尋我慇懃到寺樓
他日容顔憑底物一篇留與記同遊

○壬戌秋八月上浣

再賡前韻奉謝

鵬濱公記曹

震澤稿

彩鷁秋飛大海流天晴縹渺吐層樓長
庚元是乘鯨客破浪令還賦遠遊

其二

卓識雄才渉九流學山誰復望岑樓熱

維二安得テ白駒　永キ藝死詞場　執リテ御遊ヲ

其ノ三

任城ニ外帶二濟流ヲ李賀敢テ同ク臨二酒樓一
斗杯乾還テ自若百篇猶笑昔年ノ遊

其ノ四

琳宮夜靜月華流凉氣秋生水近樓偏二
想共隨二仙客後一乘風長作廣寒ノ遊

其ノ五

秋入テ郊墟大火流西風一鴈過二南樓悽一
君萬里鄉關外悵望歸心幾度遊

次テ末端ノ一絶ヲ約ス東遊ノ再晤ヲ

提携連日受時流ヲ一別應ニ知懶下レ樓ニ莫レ

謂天涯雲對隔東關千里續陪遊

壬戌仲秋六日

○奉謝

蓬洲

聞說青年學不順庵講磨儒術刮瞿曇

欲知方寸昭明處霽月清風卯碧潭

右擇師

紫極宮中彩鳳凰下着三島過扶桑仙

即忽剪ル雲間ノ翼化シテ作テ清風ト到ル容堂ニ

右謝ス扇ヲ

朝鮮ノ通信製述官成翠虚畫ヲ於西京ノ寓中ニ

○奉ル和ス

翠虚ノ公ノ　示韻ヲ　　　　震澤

聖學ノ宗傳仰ニ晦庵ヲ懸空　何ゾ必シモ説ニ優曇ニ天ヨ

心高ク掛ル

仲尼ノ月萬古明ナリ滿綠潭ニ

右西京ノ次韻ヲ

西洛曾テ逢フ古佛庵　千年ノ風月看ル虞曇ヲ綠

毫秋動雲烟影百丈龍蛇起紫潭

文車暫憩海東庵再會奇逢優鉢曇多

謝詩人餘論及交情深個百花潭

右東都次韻再答

次謝贈扇韻

筆飛紙上舞鸞凰一日出賦成知姓桑

別天涯何處會豫將明月贈華堂

○奉呈

東里鄭公　丹昴下

讀盡岐黄幾卷書一匙再造九還餘煙

震澤柳剛稿

霞泉ノ石ハ非ス吾カ事ニ性地心田・猶ホ病ノ諸

　　　　　　　　壬戌仲秋下院

○
次ニ謝ス

震澤公辱ノ示ノ韻ニ

多シ上三君カ滿腹有ヨリ詩書妙歳高名白業ノ餘

　　　　　　　　東里散人奉稿

昨ニ對ノ清標今ニ麗什曾如次ノ照ラスニ方諸ヲ

故園西ニ望メハ斷ツ鴻書ノ身在リ扶桑万里餘ニ這ノ

裏ニ忽逢高士話リテ郤テ総テ羈旅送ルニ兵諸ヲ

　　　　　　　　壬戌仲秋

○
奉謝ニ

東里鄭公 高和ヲ

雄城嘗テ受ル一封ノ書 一舒心有リ餘リ他

日天涯更ニ啟首ヲ錦嚢什襲要ス藏ニ諸ヲ

其二

奴婢孳ムリ俱ニ讀書ヲ

鄭家舊學楚波ノ餘リ喬遷萬里青雲ニ容聲ノ

價由来絕沽ニ諸ヲ

壬戌仲秋下浣

○奉次ノ玉韻ヲ以テ呈ス

雲溪ノ詞九下

震澤 具艸

藏六軒

遠從星使到茲洲青眼相逢海上頭晉

筆唐詩兼一手如君才是不凡流

紛匆之中敢此效顰而鄙俚此甚媿懍と

○奉謝

督齋公辱和韻　　　　　雪溪居士艸

姓字爭傳海外洲金門射策占鰲頭安

尋洙泗淵源遠浸漬隨君汲下流

珠璣琨璧燦爛滿楷鄙人得之若暴

富不勝永競敬次前韻以謝　　左右

敢非擬瓊報也

壬戌仲秋下澣

○奉レ寄二

震澤ノ 詞案ニ要ス 斤和ヲ 滄浪稿

西京ニ作リ別ヲ劇忍ト 千里相ー思夢ー霖通ス 惆ー
帳今ー來テ 君不レ見 祇應ニ俱ニ在ルニ一城ノ中ニ

○奉レ謝二 壬戌仲秋下澣

滄浪ノ公 示韻ヲ 震澤州

王ー程早ー暮去テ多ー 聞ー説ク槎ー航万ー里通下相
憶テ未レ逢ハ相ー望ムニ切ニ 蒼ー茫ニ雲ー樹夕ー陽ノ中

嘗テ恨ム

西京告別ヲ　忽チ先ツ欣ヒ　東海潮ノ通スルヲ　高吟

仰キ見ル　屋梁ノ月　一夜　清標　眼中ニ在リ

○奉謝ニ

滄浪公　被レ和下　余カ　寄スル蒼齋ノ詩上ヲ

雄才投レ筆　謝ス瀛洲ニ　萬里封侯　期ス虎頭匣

裏ノ龍泉星彩　冷カニ清霜　畫ニ落ツ海門ノ秋

○奉呈

順庵詞伯　兼テ示ス席上ノ諸名士

滄浪

山ニ多ク杞梓ヲ海ニ多ク珠ヲ物理由来信ニ不ズ誣ト満

座ノ諸公皆俊逸此ノ生何ノ幸ソ入ル名都ニ　震澤

日因テ君ニ肴ハ敏捷ニ絶勝ス十一載賦三一都ニ

健毫錯落吐驪珠吟動鬼神誰カ復タ誣今

○牽呈　君ニ

順庵ノ　案右ニ　翠虚

今逢德秀紫芝眉文采風流擅一時湛

然方寸欣テ相照宜キ唱騒壇萬古詩

○奉和ニ

翠虛ノ公ノ見ニ示ス順庵ノ韻ヲ　　　震澤

談屑霏霏タリ各、信ニ眉ヲ上ノ方ノ鐘漏巳ニ移ス時ヲ歡ノ

心不盡文章ノ色滿座琳琅白雪ノ詩

○和ニ謝ス

順庵　詞案ニ　　　　　　　盤谷奉

諸子紛紛トシテ不足ヲ論ズ英才多少出ニ

君ガ門ニ其ノ間　震澤滇ノ先ヅ數ニ搜リ盡ノ西京ニ幾ク

簡カ存ス

○

奉ルニ和ス　　壬戌仲秋下浣

盤ー谷李ー公所ニ贈ヲ順ー庵ニ之韻 震ー澤

東ー來交ー義更ニ重テ論ス文ー路長ク開ク衆ー妙ノ門明ー

日西ニ歸ー回スルヲ首ヲ望ニ江ー關ノ紫ー氣正ニ應ニ存ス

○席ー上走リテ呈ス 滄ー浪

震ー澤ノ案ー下ニ

與ニ君相ー見輒チ論ス詩ヲ最モ愛ス才ー華絕ー代ノ奇ー怡ー

帳ニ西ー京明ー日玄ニ白ー雪蕭ー寺可ニ重テ期ス

壬ー戌菊ー秋

○奉ニ和ス

滄ー浪辱ニ示ノ韻ヲ 震ー澤

雲藍光動寫新詩，變態縱橫出俗奇流

水高山千里路知音幸復憶鍾期，

壬戌季秋上浣

○奉呈

翠虛成公據雷別之微忱，震澤

驛程疎柳不堪攀誰唱離歌解別顏高

調一時凌白雪清標明日隔青山旅魂

遙入浮雲外客淚頻滴落照間悵望歸

鴻無限意天涯去住轉相關

○奉呈

鵬濱李公ハ寓留別之微衷ヲ

從レ茲分レ手ヲ去ル秋思滿レ江門ニ同病憐ム同調ヲ

異邦恨ム異言疎燈孤館涙積レ雨五更ノ魂

西洛千餘里何レ時ヲ重テ對レ罇ヲ

○奉レ呈

滄浪洪公ノ詞壇

論交奧味競蘭芬蘊藉筆倦臺散ズ彩雲ノ氣ハ

歷西京ヲ抽テ藻思光ヲ分ッテ東壁ヲ見ル道文滄ノ

滇破レ浪鯨無レ歡霄漢凌レテ霜鶚不レ羣飛ク認ッテ辱タ

知音ヲ貽ル綺深ク惹ク膠レ柱求タ如レ君ニ

○奉レ謝ニ

晉齋安公ニ紗留別ノ之鄙愫ヲ

渚鴈風高ク楓葉殘ス心期猶ホ自ヲ問ニ加二餐ヲ嘗タ

知袖裡藏ニ鴻寶ヲ敢テ憶眼中容ニ鶂冠ヲ萬頃ノ

清襟蓬海濶ク千秋ノ白雪富峰寒離亭ノ楊

柳天將ニ暮レ横笛休レ吹ク行路難

○留別ス

東里鄭公

城北城南感索群ヲ毎ニ肴紫氣把ニ清芬ヲ平ラ

分瓰館愁中ノ月不レ隔長江夢裡ノ雲異域

爭テ看ル鳳凰ノ影 高キ才已ニ映ス斗牛ノ天 從容トシテ欲ス

據ヲ聲キ裏ニ曲ヲ西ノ洛 館ノ頭更ニ待ツ君ヲ

○ 走ニ贈ル

震澤公ニ

月翁

○ 奉ル謝ス下

古寺清秋ノ夜相逢フ 震澤公依然ヲ旋作ス

別ヲ更ニ約ス帝ノ城ノ中ニ

翠虚公畫ク扇ノ頭ニ送ル別レ之韻ヲ 震澤

追隨渾テ幾ノ日ソ莫逆獨リ吾ノ

訣還テ迎フ舊ノ館ノ中ニ 公如是ニ非ス長ノ

○走ヲ贈ル

震澤公ニ

　　　　　　　盤谷

西京相遇フ日

詩酒更ニ論セン情ヲ

容意今分ツ手ヲ

驪愁自不平ニ

　　　　　　　震澤

聚散浮雲盡キ乾坤

恨不平ヲ長風南鴈ノ外

恨望一念情ヲ

○奉リ呈ス

副使鷲湖李公

問末

震澤柳剛喬矮

偶輈来坐ス藥珠宮

鳳管調高誰カ復タ同ジ

義分　投憐莫逆　譯音休恨儘難通

囊中ノ金玉蓬山ノ月

勝會千年逢此旦　論文愧不及龜蒙

其二

青年攀桂歩蟾宮　遂采遣經鼇異同萬

里乘槎恩博望　一時講道做王通丹

心西仰

長安日紫氣南移　大蘓風還恨登龍更

無路

使君何用教阿蒙

○奉送

壬戌初冬二日

震澤

翠虛成公西歸贈煙艸

煙艸一何奇　原始問阿誰　神農不曾嘗

東壁逐無知　千載空寂〻　只言傳南夷

滋蔓滿中外　玩賞共翁兒　近有吳興客

洞銓論禁宜　張皇為爾諼　於我稱釋疑

設宴代酒果　耕圃拔菜葵　酒徒使人迷亂

果使人傷疲　酒果始奪權　菜葵或失時

一吸不為廉　百吸不為卑　天性最慓悍

辣澁欲揺顧愛爾
能散滞消飽復充飢
嶺南檳榔子好述可倶期若遇眉山老
未必遠談紫夜西鵬下晤咿坐鼻此
數有睡魔至動使伏首癡此物一八口
排問君霧披雖然助祝融暗中精魄襪
一身十二脈一時忽走馳縈衛旬常度
敢可堪億衰利害常相半取舎其如合
大羹薄雞肋逸韻重密腓狩狩蘭蒼
幽谷何蔵衾英毓德馨胡為揚華滋
亭嶺上松千年凌寒資出人與君子

耐久結墳箴　想渠無遠志　小艸詑班資

豈足登席珍　誰言甘如薺　朝鮮

成學士

奉使東海湄　一面摧丹忱

再逢仰白眉　鸞鳳翔丹穴　一鳴中咸池

燕雀上枌楡　安敢相追隨　梧桐千仭岡

餘蔭假一枝　咽啾不自量　踊躍聊暫窺

萍遇在彈指　星軺將載脂　朔風灑衣袂

明月滿天涯　以何代芳藥　辛有煙州貽

不知君嗜否　姑茲慰化離　之子有佳名

微意請事斯　異域天一角　雲封更相思

送 壬戌孟冬上浣

盤谷李公ノ西ニ歸ルニ 震澤

紙上ノ雲煙寶唾餘リ

中俯仰千秋ノ氣胸底縱橫萬卷ノ書攀ヂテ桂ヲ

英年登リ

會相憶祇憑寄鴈魚ヲ

○奉送リ

滄浪洪公ノ西歸ヲ 震澤

朔風剪リテ拂フ旌旗ヲ攬テ轡ヲ吟行匹馬遲シ詩

賦多情憐ニ腐草月花高興憶ブ瓊枝心知

流水琴三調世事浮雲酒一卮誰謂天

涯共ニ無賴ト風煙万里傍褎惟ニ

○奉ル送リ

督齋安公ノ西歸ス

孔聖論諸子ヲ語言不必ニ禁セ將ニ君ガ三寸ノ舌ヲ

熊達ニ

兩國ノ心

景運開キ天地ヲ

震澤柳剛

恩波被レ蹄涘否有二越裳ノ至ル庸ヲ以テ委シ象胥ノ任ニ

青史青燈ノ邑白ノ眉白雪ノ吟清談霏片玉ヲ

和氣溫沖襟ニ媚テ禮ヲ周旋静ニ鳴シ謙ッ警省深ニ

殊方何ソ用ン慮ヲ四海是知音未タ聲濠梁ノ樂ヲ

宰成王戴尋テ西風起ル天末ニ南鴈過ク山一陰ヲ

攬轡催驅駒ヲ哦シ詩ヲ代素琴再會應無レ路

一万里隔テ商參ニ

壬戌初冬上浣

○和下シ謝下ス

盤谷公ノ臨テ岐ニ贈ノ菊潭之韻ヲ上 震澤

後ノ會知ル難キヲ再ヒ懇懇タリ
攀ツテ柳枝ヲ淀河流レテ不レ息
○奉レ次キニ
日夜使人ヲシテ思ハ

震澤ノ贈レ韻ニ　　　　　　滄浪居士

識荊何ノ幸ソ把テ清芬ヲ
里江關乃命スレ駕一樽賓館細ニ論ス文龍門
且待興雷雨冀北終ニ能ク空ス馬群ヲ
來求未タレ易カラ展邦誰カ料ラン得シ
君ヲ

壬戌李㬤

○席上再嗣原韻謝答

震澤

滄浪ノ詞案ニ

擷藻芊眠吐蕊芬騷壇千載見機雲珊

瑚鈎上寧提蘗鸚鵡賦成誰屬文東海

尋盟愛同調朔風把袂恨離羣一枝忽

憶春來信不識因何更報君

壬戌季秋

조선후기 통신사 필담창화집
번역총서를 간행하면서

20세기 초까지 한자(漢字)는 동아시아 사회의 공동문자였다. 국경의 벽이 높아서 사신 외에는 국제적인 교류가 불가능했지만, 문자를 통한 교류는 활발했다. 중국에서 간행된 한문 전적이 이천년 동안 계속 한국과 일본을 비롯한 주변 나라에 전파되었으며, 사신의 수행원들은 상대방 나라의 말을 못해도 상대방 문인들에게 한시(漢詩)를 창화(唱和)하여 감정을 전달하거나 필담(筆談)을 하며 의사를 소통했다.

동아시아 삼국이 얽혀 싸웠던 임진왜란이 7년 만에 끝난 뒤, 조선에 군대를 파견하였던 중국과 일본은 각기 왕조와 정권이 바뀌었다. 중국에는 이민족인 청나라가 건국되고 일본에는 도쿠가와 막부가 세워졌다. 조선과 일본은 강화회담이 결실을 맺어 포로도 쇄환하고 장군이 계승할 때마다 통신사를 파견하여 외교를 회복했지만, 청나라와에도 막부는 끝내 외교를 회복하지 못하고 단절상태가 계속되었다. 일본은 조선을 통해서 대륙문화를 받아들일 수밖에 없었고, 그 방법 중 하나가 바로 통신사를 초청 때에 시인, 화가, 의원 등의 각 분야 전문가를 초청하는 것이었다.

오백 명 규모의 문화사절단 통신사

연암 박지원은 천재시인 이언진(李彦瑱, 1740~1766)이 11차 통신사 수행원으로 일본에 다녀온 지 2년 만에 세상을 뜨자, 이를 애석히 여겨 「우상전」을 지었다. 그 첫머리에 일본이 조선에 다양한 전문가들로 구성된 문화사절단을 파견해 달라고 요청한 사연이 실려 있다.

일본의 관백(關白)이 새로 정권을 잡자, 그는 저축을 늘리고 건물을 수리했으며, 선박을 손질하고 속국의 여러 섬들을 깎아서 자기 소유로 만들었다. 그 밖에도 기재(奇才)·검객(劍客)·궤기(詭技)·음교(淫巧)·서화(書畵)·문학 같은 여러 분야의 인물들을 서울로 모아들여 훈련시키고 계획을 갖추었다. 그런 지 몇 달 뒤에야 우리나라에 사신을 파견해 달라고 요청하였는데, 마치 상국(上國)의 조명(詔命)을 기다리는 것처럼 공손하였다.

그러자 우리 조정에서는 문신 가운데 3품 이하를 골라 뽑아서 삼사(三使)를 갖추어 보냈다. 이들을 수행하는 사람들도 모두 말 잘하고 많이 아는 자들이었다. 천문·지리·산수·점술·의술·관상·무력으로부터 퉁소 잘 부는 사람, 술 잘 마시는 사람, 장기나 바둑 잘 두는 사람, 말을 잘 타거나 활을 잘 쏘는 사람에 이르기까지, 한 가지 기술로 나라 안에서 이름난 사람들은 모두 함께 따라가게 되었다. 그런데 이들 가운데서도 문장과 서화를 가장 중요하게 여기지 않을 수가 없었다. 왜냐하면 그들은 조선 사람의 작품 가운데 한 글자만 얻어도 양식을 싸지 않고 천리 길을 갈 수 있기 때문이었다.

도쿠가와 이에하루(德川家治)가 쇼군을 계승하자 일본 각 분야의 대표적인 인물들을 에도로 불러들여 조선 사절단 맞을 준비를 시킨 뒤,

"마치 상국의 조서를 기다리는 것처럼 공손하게" 조선에 통신사를 요청하였다. 중국과 공식적인 외교가 단절되었으므로, 대륙문화를 받아들이기 위해 조선을 상국같이 모신 것이다. 사무라이 국가 일본에는 과거제도가 없기 때문에 한문학을 직업삼아 평생 파고든 지식인들이 적어서, 일본인들은 조선 문인의 문장과 서화를 보물같이 여겼다.

조선에서도 국위를 선양하기 위해 여러 분야의 문화 전문가들을 선발하여 파견했는데, 『계림창화집(鷄林唱和集)』이 출판된 8차 통신사(1711년) 때에는 500명을 파견했다. 당시 쓰시마에서 에도까지 왕복하는 동안 일본인들이 숙소마다 찾아와 필담을 나누거나 한시를 주고받았는데, 필담집이나 창화집은 곧바로 출판되어 널리 읽혔다. 필담창화에 참여한 일본 지식인은 대륙의 새로운 지식을 얻었을 뿐만 아니라, 일본 사회에서 전문가로서의 위상도 획득하였다.

8차 통신사 때에 출판된 필담 창화집은 현재 9종이 확인되었으며, 필담 창화에 참여한 일본 문인은 250여 명이나 된다. 이는 7차까지 출판된 필담 창화집을 모두 합한 것보다 훨씬 많은 수인데, 통신사 파견이 100년 가까이 되자 일본에서도 한문학 지식인 계층이 두터워졌음을 알 수 있다. 8차 통신사에 참여한 일행 가운데 2명은 기행문을 남겼는데, 부사 임수간(任守幹)이 기록한 『동사록(東槎錄)』이나 역관 김현문(金顯門)이 기록한 또 하나의 『동사록』이 조선에 돌아와 남에게 보여주기 위해 일방적으로 쓴 글이라면, 필담 창화집은 일본에서 조선과 일본의 지식인들이 마주앉아 함께 기록한 글이다. 그기에 타인의 눈을 통해 자신의 모습을 객관적으로 볼 수 있다.

16권 16책의 방대한 분량으로 다양한 주제를 정리한 『계림창화집』

에도막부 초기의 일본 지식인은 주로 승려였기에, 당연히 승려들이 통신사를 접대하고, 필담에 참여하였다. 그 다음으로 유자(儒者)들이 있었는데, 로널드 토비는 이들을 조선의 유학자와 비교해 "일본의 유학자는 국가에 이용가치를 인정받은 일종의 전문 지식인에 지나지 않았다"고 규정하였다. 그 가운데 상당수는 의원이었으므로 흔히 유의(儒醫)라고 하는데, 한문으로 된 의서를 읽다보니 유학에도 관심을 가지게 된 것이다. 이노 작스이(稻生若水)가 물고기 한 마리를 가지고 제술관 이현과 서기 홍순연 일행을 찾아가서 필담을 나눈 기록이『계림창화집』권5에 실려 있다.

> 이　현 : 이 물고기는 우리나라의 송어입니다. 조령의 동남 지방에 많이 있어, 아주 귀하지는 않습니다.
> 홍순연 : 이 물고기는 우리나라의 농어와 매우 닮았습니다. 귀국에도 농어가 있는지 모르겠지만, 이것과 같지 않습니까? 농어가 아니라면 내가 아는 물고기가 아닙니다.
> 남성중 : 이 물고기는 우리나라 송어입니다. 연어와 성질이 같으나 몸집이 작으며, 우리나라 동해에서 납니다. 7-8월 사이에 바다에서 떼를 지어 강으로 올라가는데, 몸이 바위에 갈려 비늘이 다 떨어져 나가 죽기까지 하니 그 성질을 모르겠습니다.

그는 일본산 물고기의 습성을 자세히 설명하고 조선에도 있는지 물었지만, 조선 문인들은 이 방면의 전문가들이 아니어서 이름 정도나

추정했을 뿐이다. 홍순연은 농어라고 엉뚱하게 대답하기까지 하였다. 조선 문인이라면 모든 것을 알 수 있을 것이라고 기대했기에 생긴 결과인데, 아직 의학필담으로 분화되기 이전의 형태다. 이 필담 말미에 이노 작스이는 이런 기록을 덧붙여 마무리했다.

『동의보감』을 살펴보니 "송어는 성질이 태평하고 맛이 달며 독이 없다. 맛이 진기하고 살지다. 색은 붉으면서 선명하다. 소나무 마디 같아서 이름이 송어이다. 동북쪽 바다에서 난다"고 하였다. 지금 남성중의 대답에 『동의보감』의 설명을 참고하니, '鮏'은 송어와 같은 것이다. 그러나 '송어'라는 이름은 조선의 방언이지, 중화에서 부르는 이름이 아니다. 『팔민통지(八閩通志)』(줄임)『해징현지(海澄縣志)』 등의 책에 모두 송어가 실려 있으나, 모습이 이것과 매우 다르다. 다른 종류인데, 이름이 같을 뿐이다.

기록에서 보듯, 이노 작스이는 다수의 의견에 따라 이 물고기를 '송어'라고 추정한 후, 비교적 자세한 남성중의 대답과 『동의보감』의 기록을 비교하여 '송어'로 결론 내렸다. 그런 뒤에 조선의 '송어'가 중국의 송어와 같은 것인지 확인하기 위해 중국의 여러 지방지를 조사한 후, '송어'는 정확한 명칭이 아니라 그저 조선의 방언인 것으로 결론지었다. 양의(良醫) 기두문(奇斗文)에게는 약초를 가지고 가서 필담을 시도하였다.

稻生若水 : 이 나뭇잎은 세 개의 뾰족한 끝이 있고 겨울에 시들지 않으며, 봄에 가느다란 꽃이 핍니다. 열매의 크기는 대두만하고, 모여서 둥글게 공처럼 되며, 생길 때는 파랗고, 익으면 자흑색이 됩니다. 나무

에 진액이 있어 엉기면 향이 나고, 색이 붉습니다. 이름은 선인장 나무입니다. (줄임)

　　기두문 : 이것이 진짜 백부자(白附子)입니다.

제술관이나 서기들이 경험에 의존해 대답한 것과 달리, 기두문은 의원이었으므로 자신의 지식을 바탕으로 확실하게 대답하였다. 구지현박사의 연구에 의하면 이노 작스이는 『서물류찬(庶物類纂)』이라는 박물지를 편찬하기 위해 방대한 자료를 수집·고증하고 있었는데, 문화 선진국 조선의 문인에게 서문을 부탁하여, 제술관 이현이 써 주었다. 1,054권이나 되는 일본 최대의 백과사전에 조선 문인이 서문을 써 주어 권위를 얻게 된 것이다.

출판사 주인이 상업적인 출판을 위해 직접 필담에 참여하다

초기의 필담 창화집은 일본의 시인, 유학자, 의원 등 전문 지식인이 번주(藩主)의 명령이나 자신의 정보용, 명예욕에 따라 필담에 나선 결과물이지만, 『계림창화집』 16권 16책은 출판사 주인이 직접 전국 각 지역에서 발생한 필담 창화 원고들을 수집하여 출판한 것이다. 따라서 필담 창화 인원도 수십 명에 이르며, 많은 자본을 들여서 출판하였다. 막부(幕府)의 어용 서적을 공급하던 게이분칸(奎文館) 주인 세오겐베이(瀨尾源兵衛, 1691~1728)가 21세 청년의 몸으로 교토지역 필담에 참여해 『계림창화집』 권6을 편집하고, 다른 지역의 필담 창화 원고까지 모두 수집해 16권 16책을 출판했을 뿐 아니라, 여기에 빠진 원고들까지 수집해『칠가창화집(七家唱和集)』10권 10책을 출판하였다.

　『칠가창화집』은『계림창화속집』이라고도 불렸는데, 7차 사행 때의 최대 필담 창화집인『화한창수집(和韓唱酬集)』4권 7책의 갑절 규모에 해당한다. 규모가 이러하니 자본 또한 막대하게 소요되어, 고쇼모노도 코로(御書物所)인 이즈모지 이즈미노죠(出雲寺 和泉掾) 쇼하쿠도(松栢堂) 와 공동 투자하여 출판하였다. 게이분칸(奎文館)에서는 9차 사행 때에 도『상한창화훈지집(桑韓唱和塤篪集)』11권 11책을 출판하여, 세오겐베 이(瀬尾源兵衛)는 29세에 이미 대표적인 출판업자로 자리매김하게 되 었다. 그러나 안타깝게도 38세에 세상을 떠나, 더 이상의 거질 필담 창화집은 간행되지 못했다.

필담창화집 178책을 수집하여 원문을 입력하고 번역한 결과물

　나는 조선시대 한문학 연구가 조선 국경 안의 한문학만이 아니라 국경 너머 오가며 외국인들과 주고받은 한자 기록물까지 연구해야 한 다는 생각으로, 첫 번째 박사논문을 지도하면서 '통신사 필담창화집' 을 과제로 주었다. 구지현 선생은 1763년에 파견된 11차 통신사 구성 원들이 기록한 사행록 9종과 필담창화집 30종을 수집하여 분석했는 데, 박사학위를 받은 뒤에도 필담창화집을 계속 수집하여 2008년 한국 학술진흥재단의 토대연구에『조선후기 통신사 필담창수집의 수집, 번 역 및 데이터베이스 구축』이라는 과제를 신청하였다. 이 과제를 진행 하면서 우리 팀에서 수집한 필담창화집 178책의 목록과, 우리가 예상

한 작업진도 및 번역 분량은 다음과 같다.

1) 1차년도(2008. 7.~2009. 6.) : 1607년(1차 사행)에서 1711년(8차 사행)까지

연번	필담창화집 책 제목	면 수	1면 당 행수	1행 당 글자 수	예상되는 원문 글자 수
001	朝鮮筆談集	44	8	15	5,280
002	朝鮮三官使酬和	24	23	9	4,968
003	和韓唱酬集首	74	10	14	10,360
004	和韓唱酬集一	152	10	14	21,280
005	和韓唱酬集二	130	10	14	18,200
006	和韓唱酬集三	90	10	14	12,600
007	和韓唱酬集四	53	10	14	7,420
008	和韓唱酬集(결본)				
009	韓使手口錄	94	10	21	19,740
010	朝鮮人筆談幷贈答詩(國圖本)	24	10	19	4,560
011	朝鮮人筆談幷贈答詩(東京都立本)	78	10	18	14,040
012	任處士筆語	55	10	19	10,450
013	水戶公朝鮮人贈答集	65	9	20	11,700
014	西山遺事附朝鮮使書簡	48	9	16	6,912
015	木下順菴稿	59	7	10	4,130
016	鷄林唱和集1	96	9	18	15,552
017	鷄林唱和集2	102	9	18	16,524
018	鷄林唱和集3	128	9	18	20,736
019	鷄林唱和集4	122	9	18	19,764
020	鷄林唱和集5	110	9	18	17,820
021	鷄林唱和集6	115	9	18	18,630
022	鷄林唱和集7	104	9	18	16,848
023	鷄林唱和集8	129	9	18	20,898
024	觀樂筆談	49	9	16	7,056
025	廣陵問槎錄上	72	7	20	10,080
026	廣陵問槎錄下	64	7	19	8,512
027	問槎二種上	84	7	19	11,172

028	問槎二種中	50	7	19	6,650
029	問槎二種下	73	7	19	9,709
030	尾陽倡和錄	50	8	14	5,600
031	槎客通筒集	140	10	17	23,800
032	桑韓醫談	88	9	18	14,256
033	辛卯唱酬詩	26	7	11	2,002
034	辛卯韓客贈答	118	8	16	15,104
035	辛卯和韓唱酬	70	10	20	14,000
036	兩東唱和錄上	56	10	20	11,200
037	兩東唱和錄下	60	10	20	12,000
038	兩東唱和後錄	42	10	20	8,400
039	正德韓槎諭禮	16	10	18	2,880
040	朝鮮客館詩文稿(내용 중복)	0	0	0	0
041	坐間筆語附江關筆談	44	10	20	8,800
042	七家唱和集－班荊集	74	9	18	11,988
043	七家唱和集－正德和韓集	89	9	18	14,418
044	七家唱和集－支機閒談	74	9	18	11,988
045	七家唱和集－朝鮮客館詩文稿	48	9	18	7,776
046	七家唱和集－桑韓唱酬集	20	9	18	3,240
047	七家唱和集－桑韓唱和集	54	9	18	8,748
048	七家唱和集－客館縞紵集	83	9	18	13,446
049	韓客贈答別集	222	9	19	37,962
예상 총 글자수					589,839
1차년도 예상 번역 매수 (200자원고지)					약 8,900매

2) 2차년도(2009. 7.~2010. 6.) : 1719년(9차 사행)에서 1748년(10차 사행)까지

연번	필담창화집 책 제목	면수	1면 당 행수	1행 당 글자 수	예상되는 원문 글자 수
050	客館璀璨集	50	9	18	8,100
051	蓬島遺珠	54	9	18	8,748
052	三林韓客唱和集	140	9	19	23,940
053	桑韓星槎餘響	47	9	18	7,614

054	桑韓星槎答響	106	9	18	17,172
055	桑韓唱酬集1권	43	9	20	7,740
056	桑韓唱酬集2권	38	9	20	6,840
057	桑韓唱酬集3권	46	9	20	8,280
058	桑韓唱和塤篪集1권	42	10	20	8,400
059	桑韓唱和塤篪集2권	62	10	20	12,400
060	桑韓唱和塤篪集3권	49	10	20	9,800
061	桑韓唱和塤篪集4권	42	10	20	8,400
062	桑韓唱和塤篪集5권	52	10	20	10,400
063	桑韓唱和塤篪集6권	83	10	20	16,600
064	桑韓唱和塤篪集7권	66	10	20	13,200
065	桑韓唱和塤篪集8권	52	10	20	10,400
066	桑韓唱和塤篪集9권	63	10	20	12,600
067	桑韓唱和塤篪集10권	56	10	20	11,200
068	桑韓唱和塤篪集11권	35	10	20	7,000
069	信陽山人韓館倡和稿	40	9	19	6,840
070	兩關唱和集1권	44	9	20	7,920
071	兩關唱和集2권	56	9	20	10,080
072	朝鮮人對詩集1권	160	8	19	24,320
073	朝鮮人對詩集2권	186	8	19	28,272
074	韓客唱和/浪華唱和合章	86	6	12	6,192
075	和韓唱和	100	9	20	18,000
076	來庭集	77	10	20	15,400
077	對麗筆語	34	10	20	6,800
078	鳴海驛唱和	96	7	18	12,096
079	蓬左賓館集	14	10	18	2,520
080	蓬左賓館唱和	10	10	18	1,800
081	桑韓醫問答	84	9	17	12,852
082	桑韓鏘鏗錄1권	40	10	20	8,000
083	桑韓鏘鏗錄2권	43	10	20	8,600
084	桑韓鏘鏗錄3권	36	10	20	7,200
085	桑韓萍梗錄	30	8	17	4,080
086	善隣風雅1권	80	10	20	16,000
087	善隣風雅2권	74	10	20	14,800
088	善隣風雅後篇1권	80	9	20	14,400

089	善隣風雅後篇2권	74	9	20	13,320
090	星軺餘轟	42	9	16	6,048
091	兩東筆語1권	70	9	20	12,600
092	兩東筆語2권	51	9	20	9,180
093	兩東筆語3권	49	9	20	8,820
094	延享五年韓人唱和集1권	10	10	18	1,800
095	延享五年韓人唱和集2권	10	10	18	1,800
096	延享五年韓人唱和集3권	22	10	18	3,960
097	延享韓使唱和	46	8	14	5,152
098	牛窓錄	22	10	21	4,620
099	林家韓館贈答1권	38	10	20	7,600
100	林家韓館贈答2권	32	10	20	6,400
101	長門戊辰問槎상권	50	10	20	10,000
102	長門戊辰問槎중권	51	10	20	10,200
103	長門戊辰問槎하권	20	10	20	4,000
104	丁卯酬和集	50	20	30	30,000
105	朝鮮筆談(元丈)	127	10	18	22,860
106	朝鮮筆談1권(河村春恒)	44	12	20	10,560
107	朝鮮筆談1권(河村春恒)	49	12	20	11,760
108	韓客對話贈答	44	10	16	7,040
109	韓客筆譚	91	8	18	13,104
110	韓人唱和詩	16	14	21	4,704
111	韓人唱和詩集1권	14	7	18	1,764
112	韓人唱和詩集1권	12	7	18	1,512
113	和韓文會	86	9	20	15,480
114	和韓唱和錄1권	68	9	20	12,240
115	和韓唱和錄2권	52	9	20	9,360
116	和韓唱和附錄	80	9	20	14,400
117	和韓筆談薰風編1권	78	9	20	14,040
118	和韓筆談薰風編2권	52	9	20	9,360
119	鴻臚傾蓋集	28	9	20	5,040
예상 총 글자수					723,730
2차년도 예상 번역 매수 (200자원고지)					약 10,850매

3) 3차년도(2010. 7.~ 2011. 6.) : 1763년(11차 사행)에서 1811년(12차 사행)까지

연번	필담창화집 책 제목	면수	1면당 행수	1행당 글자수	예상되는 원문 글자수
120	歌芝照乘	26	10	20	5,200
121	甲申槎客萍水集	210	9	18	34,020
122	甲申接槎錄	56	9	14	7,056
123	甲申韓人唱和歸國1권	72	8	20	11,520
124	甲申韓人唱和歸國2권	47	8	20	7,520
125	客館唱和	58	10	18	10,440
126	鷄壇嚶鳴 간본 부분	62	10	20	12,400
127	鷄壇嚶鳴 필사부분	82	8	16	10,496
128	奇事風聞	12	10	18	2,160
129	南宮先生講餘獨覽	50	9	20	9,000
130	東渡筆談	80	10	20	16,000
131	東槎餘談	104	10	21	21,840
132	東游篇	102	10	20	20,400
133	問槎餘響1권	60	9	20	10,800
134	問槎餘響2권	46	9	20	8,280
135	問佩集	54	9	20	9,720
136	賓館唱和集	42	7	13	3,822
137	三世唱和	23	15	17	5,865
138	桑韓筆語	78	11	22	18,876
139	松菴筆語	50	11	24	13,200
140	殊服同調集	62	10	20	12,400
141	快快餘響	136	8	22	23,936
142	兩東鬪語乾	59	10	20	11,800
143	兩東鬪語坤	121	10	20	24,200
144	兩好餘話상권	62	9	22	12,276
145	兩好餘話하권	50	9	22	9,900
146	倭韓醫談(刊本)	96	9	16	13,824
147	倭韓醫談(寫本)	63	12	20	15,120
148	栗齋探勝草1권	48	9	17	7,344
149	栗齋探勝草2권	50	9	17	7,650
150	長門癸甲問槎1권	66	11	22	15,972

151	長門癸甲問槎2권	62	11	22	15,004
152	長門癸甲問槎3권	80	11	22	19,360
153	長門癸甲問槎4권	54	11	22	13,068
154	萍遇錄	68	12	17	13,872
155	品川一燈	41	10	20	8,200
156	表海英華	54	10	20	10,800
157	河梁雅契	38	10	20	7,600
158	和韓醫談	60	10	20	12,000
159	韓客人相筆話	80	10	20	16,000
160	韓館應酬錄	45	10	20	9,000
161	韓館唱和1권	92	8	14	10,304
162	韓館唱和2권	78	8	14	8,736
163	韓館唱和3권	67	8	14	7,504
164	韓館唱和續集1권	180	8	14	20,160
165	韓館唱和續集2권	182	8	14	20,384
166	韓館唱和續集3권	110	8	14	12,320
167	韓館唱和別集	56	8	14	6,272
168	鴻臚摭華	112	10	12	13,440
169	鷄林情盟	63	10	20	12,600
170	對禮餘藻	90	10	20	18,000
171	對禮餘藻(明遠館叢書 57)	123	10	20	24,600
172	對禮餘藻(明遠館叢書 58)	132	10	20	26,400
173	三劉先生詩文	58	10	20	11,600
174	辛未和韓唱酬錄	80	13	19	19,760
175	接鮮瘖語(寫本)1	102	10	20	20,400
176	接鮮瘖語(寫本)2	110	11	21	25,410
177	精里筆談	17	10	20	3,400
178	中興五侯詠	42	9	20	7,560
예상 총 글자수					786,791
3차년도 예상 번역 매수 (200자원고지)					약 11,800매

1차년도에는 하우봉(전북대) 교수와 유경미(일본 나가사키국립대학) 교수를 공동연구원으로 하여 고운기, 구지현, 김형태, 허은주, 김용흠 박

사가 전임연구원으로 번역에 참여하였다. 3년 동안 기태완, 이지양, 진영미, 김유경, 김정신, 강지희 박사가 연구원으로 교체되어, 결국 35,000매나 되는 번역원고를 마무리하였다.

일본식 한문이 중국식 한문과 달라서 특히 인명이나 지명 번역이 힘들었는데, 번역문에서는 독자들이 읽기 쉽도록 한국식 한자음으로 표기하고, 첫 번째 각주에서만 일본식 한자음을 표기하였다. 원문을 표점 입력하는 방법은 고전번역원에서 채택한 방법을 권장했지만, 번역자마다 한문을 교육받고 번역해온 과정이 다르기 때문에 재량을 인정하였다. 원본 상태를 확인하려는 연구자를 위해 영인본을 뒤에 편집하였는데, 모두 국내외 소장처의 사용 승인을 받았다.

원문과 번역문을 합하여 200자원고지 5만 매 분량의『조선후기 통신사 필담창화집 번역총서』를 12,000면의 이미지와 함께 편집하고 4차에 나누어 10책씩 출판하는 과정이 복잡하고 힘들었기에, 연세대학교 정갑영 총장에게 편집비 지원을 신청하였다.『조선후기 통신사 필담창수집 번역본 30권 편집』정책연구비(2012-1-0332)를 지원해주신 정갑영 총장에게 감사드린다.

『조선후기 통신사 필담창화집 번역총서』를 편집하는 과정에 문화재청으로부터『통신사기록 조사 및 번역, 데이터베이스 구축』연구용역을 발주받게 되어, 필담창화집을 비롯한 통신사 관련 기록을 세계기록유산으로 등재하는 작업에 참여하게 된 것도 기쁜 일이다. 통신사 관련 기록들이 모두 데이터베이스로 구축되어 국내외 학자들이 한일문화교류, 나아가서는 동아시아문화교류 연구에 손쉽게 참여하게 된다면『통신사 필담창화집 번역총서』의 사명을 다하는 것이라고 생각한다.

 조선후기 통신사가 동아시아 문화교류 연구에 중요한 이유는 임진왜란 이후에 중국(청나라)과 일본의 단절된 외교를 통신사가 간접적으로 이어주었기 때문이다. 통신사 필담창화집 번역총서 60권 출판이 마무리되면 조선후기에 한국(조선)과 중국(청나라) 지식인들이 주고받은 척독집 40여 권도 데이터베이스로 구축하여, 일본에서 조선을 거쳐 청나라로 이어지는 '동아시아 문화교류의 길' 데이터베이스를 국내외 학자들에게 제공하고자 한다.

▌고운기(高雲基)

한양대 국문학과와 연세대대학원 국문학과 졸업. 문학박사.
일본 게이오대 방문연구원, 메이지대 객원교수 역임.
연세대 국학연구원 연구교수를 거쳐
현재 한양대 문화콘텐츠학과 교수.

조선후기 통신사 필담창화집 번역총서 4
和韓唱酬集 二

2013년 7월 26일 초판 1쇄 펴냄

역 자 고운기
발행인 김흥국
발행처 도서출판 보고사

등록 1990년 12월 13일 제6-0429호
주소 서울특별시 성북구 보문동7가 11번지 2층
전화 922-5120~1(편집), 922-2246(영업)
팩스 922-6990
메일 kanapub3@naver.com
http://www.bogosabooks.co.kr

ISBN 979-11-5516-059-6 94810
      979-11-5516-055-8 (세트)
ⓒ 고운기, 2013

정가 20,000원

이 도서의 국립중앙도서관 출판시도서목록(CIP)은 서지정보유통지원시스템 홈페이지
(http://seoji.nl.go.kr)와 국가자료공동목록시스템(http://www.nl.go.kr/kolisnet)에
서 이용하실 수 있습니다. (CIP제어번호: CIP2013012709)